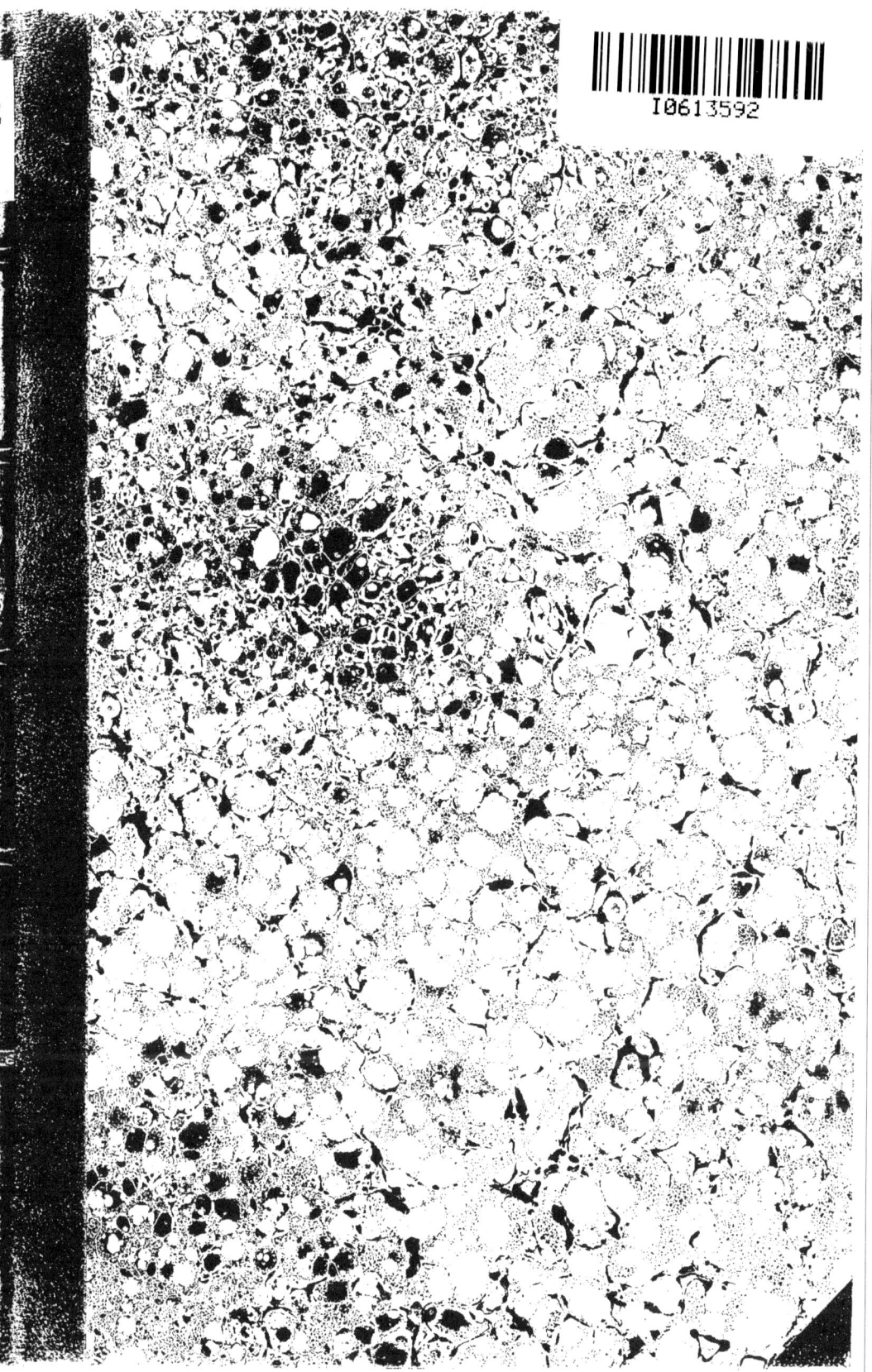

09.096

Analyse des auréoles violacées
au printemps 2011. Négatif.

EXAMEN DU LIVRE

DE M. MALTHUS

SUR LE

PRINCIPE DE POPULATION;

AUQUEL ON A JOINT

LA TRADUCTION

DE QUATRE CHAPITRES DE CE LIVRE SUPPRIMÉS DANS
L'EDITION FRANÇAISE;

ET UNE

LETTRE A M. SAY

SUR SON

TRAITÉ D'ECONOMIE POLITIQUE.

IMPRIMÉ A PHILADELPHIE, CHEZ P. M. LAFOURCADE,
NO. 114, SECONDE RUE NORD.

....

1817.

TABLE DES ARTICLES

CONTENUS DANS CE RECUEIL.

━━━

FIN DE LA TABLE.

FAUTES D'IMPRESSION

Que l'on prie le lecteur de vouloir bien corriger, ou faire corriger à la main.

———

Page 7, *lig.* 1....par ; *mettez* pas.

Page 32, *lig. antépenultieme*....ton ; *mettez* ta.

Page 44, *lig.* 5....*nominal ;* mettez *nominale.*

Page 104, *lig.* 3 *de la note*....un ; *mettez* une.

Page 108, *lig.* 4....sans ; *mettez* sous.

Page 129, *lig.* 23....de ; *mettez* des.

Page 139, *lig.* 24....ses ; *mettez* ces.

Page 151, *lig.* 25 *de la note*....ôtes *le signe d'alinéa qui est* avant le mot *l'*Agriculture.

Lig. 35 *de la meme note*....renverse ; *mettez* renversé.

Page 155, *lig. derniere* noyeau ; *mettez* noyau.

Page 159, *lig.* 4....emuls ; *mettez* émuls.

EXAMEN DU LIVRE

SUR LE

PRINCIPE DE POPULATION.

L'OBJET du travail de M. *Malthus* est d'établir que presque par tout, et peut-être à la seule exception des colonies naissantes dans les pays très fertiles, il y a trop de population ; et que de tous les tems, cet excès dans le nombre des individus a été, qu'il est encore une des grandes causes, si non la plus grande cause des malheurs du Genre humain.

La singularité de cette doctrine a fait beaucoup de sensasion. Le livre où elle est exposée méritait de la faire. Il est plein de recherches précieuses et de calculs ingénieux.— L'auteur a un talent distingué ; il est un des meilleurs observateurs et des plus profonds penseurs ; il raisonne avec force ; il écrit avec élégance et avec grace. M. *Prevost,* professeur à *Genéve,* justement estimé et l'un des co-opérateurs de la bibliothèque britannique, nous a donné de la troisième édition Anglaise, une traduction Française également bien écrite.* Il l'a dediée à un membre très vertueux et très éclairé du conseil général des hospices de Paris.† C'est véritablement un livre qui doit tenir une place honorable dans la bibliothèque de tout homme d'état.

Pour offrir une idée juste de ce qu'il contient de vrai et de faux, de bien et de mal, un article de journal serait trop

* En trois volumes in 8 chez Paschoud libraire, rue des petits Augustins.
† M. le Baron de Lessert.

A

court ; un livre serait trop minutieux et trop long : je tâche-
rai de prendre un juste milieu.

Il n'y a rien de plus commun en France que d'y voir
apporter comme étrangeres les pensées de nos écrivains, nos
modes oubliées, les machines et les étoffes de nos manufacturiers, les plantes cultivées dans nos champs ou dans nos
jardins ; et quand elles viennent ou paraissent ainsi venir de
loin, elles sont beaucoup mieux reçues.

C'est ainsi que nous avons accueilli, après leurs voyages,
le métier à bas, la navette volante, les toiles platilles et les
draps legers de Silésie, les très bons principes d'*Adam Smith*,
la grosse Reinette de Caux, dite du Canada, les *Turnips* aussi
anciens en France que l'Auvergne et le Limousin, où ils ont
toujours été plus beaux et meilleurs qu'en Angleterre.

Dans ce qu'il y a d'évidemment incontestable, l'ouvrage de
M. *Malthus* est un long, mais savant et curieux commentaire
de cette maxime des économistes Français : *la mesure de la
subsistance est celle de la population,*

Ils en inféraient que si l'on voulait accroitre la population,
l'unique moyen efficace et utile était d'augmenter la masse des
subsistances. C'était leur motif pour placer l'agriculture,
l'éducation des bestiaux, et la pêche, à la tête des travaux
humains ; c'est à cause de cela qu'ils recommandaient, par-
dessus toute autre chose, ces trois branches de produits
renaissans à la considération, à l'attention soutenue, à la
bienfaisance active des gouvernements.

M. *Malthus* a vu son sujet sous un autre aspect ; et observant que presque toutes les sociétés policées, dans le projet
d'exciter la population et d'accroitre le nombre des naissances,
cherchaient à encourager les mariages et à récompenser leur
fécondité, il s'est attaché à combattre ce préjugé, cette habitude trop générale des gouvernements, qui ne sont pas suffisamment éclairés. Il démontre en mille façons que ce n'est
point par la quantité des enfans qui naissent, mais par celle
des hommes adultes et sains qui vivent avec quelque aisance, que l'on doit juger de la prospérité, du bonheur, de la
puissance relative des états.

En effet la vie passagère et malheureuse des jeunes enfans, que la pauvreté de leurs parens, que la malpropreté, que le défaut de vêtemens, que le froid, et surtout que l'insuffisance ou la mauvaise qualité de la nourriture immolent avant l'âge de la puberté et du travail, n'a été qu'une augmentation de souffrances et de chagrins, qu'une déperdition des richesses qu'ils ont inutilement consommées : déperdition qui augmentant l'indigence des pères et des mères, et l'appauvrissement de la nation, rend de plus en plus difficile d'élever d'autres enfans.

M. *Malthus* emploie une grande partie de son livre à tâcher de nous persuader un autre point qui n'est pas à beaucoup près aussi exact. Il croit que la population se multiplie suivant une progression géométrique et constante, tandis que les subsistances ne sauraient être augmentées que dans une progression arithmétique et même décroissante. Il en conclut que les produits de l'agriculture ne peuvent jamais s'élever au niveau des accroissemens que reçoit la population. Cela lui paraît une vérité *neuve* dont il est porté à s'applaudir fréquemment ; et c'est d'ailleurs un homme d'un excellent esprit.

Mais comme il prouve très bien que la population ne peut pas excéder les moyens de subsistance, l'ouvrage entier qu'il nous donne se trouve être la démonstration perpétuelle que ses calculs sur ce point sont inapplicables, et que la progression géométrique de la population ne saurait avoir lieu indépendamment de celle des productions que cette population consomme ; puisqu'il est évidemment impossible d'entretenir plus d'hommes qu'on ne peut en nourrir : de sorte que toute la théorie sur cette matière est invinciblement renfermée dans l'axiome fondamental que *la mesure de la subsistance est celle de la population :* loi de la nature ; que ni l'autorité, ni les loix politiques, économiques ou civiles, ni aucun encouragement, ni aucune institution humaine ne peuvent violer.

Comment s'exécute cette loi si impérieuse ? D'une manière infiniment triste ; par la mortalité des enfans que leurs parens ne peuvent pas bien loger, bien vêtir, suffissamment chauffer, et sur tout nourrir avec assez d'abondance ou avec des alimens assez salubres. Le juste respect pour la propriété, sans lequel les hommes se pilleraient les uns les autres, sans lequel le produit d'aucun travail ne pourrait être conservé, sans lequel il n'y aurait donc aucune récolte, sans lequel par conséquent les subsistances seraient bien plus rares et la population plus malheureuse encore et plus restrainte, ce respect si nécessaire à toute la société, fait qu'en tout pays et sous tout gouvernement, il y a inévitablement une classe d'hommes qui se trouvent ainsi sur les confins de la misère et arrêtés dans leur désir d'élever une famille. La pauvreté est un cercle de fer qui enserre toutes les nations.

Etendez l'agriculture, améliorez ses procédés, perfectionnez la pêche, et tirez de tous ces travaux le plus grand produit qui soit possible, dit M. *Malthus,* non pas en ces termes mais en beaucoup d'autres équivalens ; *vous ne pourrez jamais lui faire suivre la même progression que celle de la multiplication des hommes. Vous aurez prolongé le rayon du cercle fatal, vous en aurez agrandi et repoussé la circonférence ; mais elle sera toujours dans la même proportion avec son diamètre ; elle contiendra plus d'hommes, et les derniers de ces hommes seront toujours malheureux.*

Pour diminuer ce malheur, il veut que l'on parvienne à inspirer aux hommes de cette infortunée classe de la société, et à ceux des classes un peu supérieures qui les avoisinent, une sorte de vertu qu'il appelle *contrainte morale,* laquelle les empêcherait de se marier, ou d'user de tous les droits du mariage, ou d'en gouter dans toute leur étendue les plaisirs naturels.

De cette manière, dit-il encore, et pour abréger j'emploie plutôt sa pensée que ses propres mots, *les hommes de la classe laborieuse étant en moindre nombre, il y aura plus de salaires offerts que de salaires demandés ; en conséquence le prix des salaires sera haut, les salariés vivront à l'aise, une grande source de malheur sera tarie.*

Ces principes qui méritent l'attention la plus sérieuse, et dont il ne faut parler qu'avec le respect dû aux louables intentions de l'auteur, ainsi qu'à son érudition, et à l'habileté avec laquelle il saisit et discute les rapports des Régistres de naissances, de morts et de mariages, sont néanmoins susceptibles de plusieurs observations.

D'abord ce n'est point mal fait, c'est au contraire très bien fait, c'est ce qu'il y a de mieux à faire que d'étendre et d'améliorer autant qu'on le peut :

Premièrement l'agriculture,

Secondement la pêche,

Troisièmement l'exploitation des mines et des carrières, qui donnent des moyens nouveaux d'encourager la pêche et l'agriculture, en soutenant le prix des productions de ces arts nourriciers par les autres productions utiles et nouvelles que l'intérieur de la terre offre en échange.

Et quatrièmement, c'est encore fort bien fait que de faciliter et de protéger les travaux de tout genre qui en incorporant aux matières premières la valeur des consommations que font les ouvriers, et celle du loyer des capitaux employés à leur fournir les instrumens nécessaires au travail et à leur *avancer* la subsistance pendant qu'il s'exécute en forment des objets de jouissance durable. Quoique ces divers objets ne soient pas des richesses nouvelles et encore moins des subsistances ; mais, comme tous les autres magasins de richesses et de valeurs, des richesses utilement et agréablement accumulées, ils ajoutent beaucoup aux douceurs, et aux commodités, et même en général à la salubrité de la vie ; et les salaires que pour se les procurer les propriétaires de terres, les cultivateurs, les mineurs, les carriers, les armateurs et les matelots de la pêche répandent sur les autres entrepreneurs et ouvriers, égalisent autant qu'il soit possible la distribution des richesses et des Alimens.

Le cercle étendu aura une plus grande circonférence ; et cette circonférence, il est vrai, sera inévitablement bordée de pauvres. C'est le sens de ces paroles de JÉSUS CHRIST ; *vous aurez toujours des pauvres avec vous* ; mais ce même cercle aura aussi une plus grande superficie, et cette superficie sera couverte d'un plus grand nombre d'hommes heureux. Et même sur la rive, il y aura encore quelque bonheur : car *être* c'est un bonheur, c'est sentir, c'est penser, c'est aimer, c'est être aimé de quelqu'un ; tant que l'on n'en est pas venu jusqu'à détester la vie, c'est avoir tous les jours quelques jouissances dont il n'en est aucune qui n'ait son prix.

Sur un plus grand nombre d'hommes encore il y a un plus grand nombre de gens d'esprit et de gens de bien, d'hommes ingénieux et appliqués, propres aux sciences, aux arts, à la philosophie, dont les lumières, les talens, les vertus peuvent multiplier les subsistances et en rendre la répartition plus utile, plus équitable, perfectionner les mœurs, procurer une vie plus douce, plus de plaisirs ou une diminution de peines à tout le monde.

Ainsi c'est moins du soin de restraindre la population qu'il faut s'occuper pour que les subsistances suffisent, que de celui d'augmenter les subsistances pour qu'elles fournissent aux besoins d'une plus grande population.

Quand une partie, même assez considérable, des hommes pourrait se résoudre à ce que M. *Malthus*, appelle *la contrainte morale* et s'y assujettir avec constance, ce ne serait à l'inconvénient qu'il redoute qu'un faible palliatif. L'époque où une population indigente borderait la société, et où la pauvreté seule arrêterait une plus grande multiplication, n'en serait que très peu retardée.

On ne pourra de fort longtems, et peut être jamais, parvenir à inculquer la doctrine des privations volontaires, et sur un tel sujet, qu'à un bien petit nombre d'individus, seulement parmi les gens riches qui auront reçu une éducation libérale, et qui pourront se consoler un peu par d'autres plaisirs du sacrifice de ceux plus naturels que la bonté du ciel a mis à la portée de ses moindres créatures.

Ainsi pendant que quelques personnages dans l'aisance, dont la posterité paraitrait à M. *Malthus* n'avoir aucun danger à courir pour elle même et n'être par nuisible à la société, résisteraient avec plus ou moins d'efforts, par des moyens plus ou moins convenables, au plus doux attrait de la nature, il en resterait d'autant plus de place et de marge pour le nombre immense de ceux qui tiendraient une conduite opposée ; et M. *Malthus,* a très judicieusement observé que ceux-ci multiplieront jusqu'à ce que leurs malheureux enfans soient moissonnés par la misère.

S'il était possible que le vœu de M. *Malthus* fut rempli, et qu'on arrivât *une fois* dans tout un pays *par la contrainte morale,* ou l'abstinence soit du mariage, soit de son intime union, à rendre la population rare sans que les richesses diminuassent, tellement que le prix des salaires y fut, à industrie égale, notablement plus haut que dans les autres pays ; il en resulterait que la nation dont les ouvriers recevraient de plus hauts salaires, ne pourrait dans le commerce étranger, ni même à beaucoup d'égards sur son propre territoire, où afflueraient les ouvriers des autres nations, soutenir la concurrence de ces autres nations, et de ces autres ouvriers, qui donneraient leur travail à plus bas prix et se contenteraient de moindres salaires.

Alors les ouvriers qui, pendant un tems, auraient eu de plus hauts salaires, seraient obligés de baisser eux mêmes le prix de leur travail ; à peine, s'ils ne le faisaient pas, de n'avoir plus du tout de travail, ni de salaire : ce qui les ferait tomber dans une misère bien plus grande que celle des hommes qui se résignent à ne recevoir que le salaire réglé par la concurrence et qu'elle rend médiocre ou même étroit. Le fait est qu'ils se mettraient au niveau ; mais que ce niveau même serait affaibli par la nouvelle concurrence que le haussement passager des salaires aurait appellée.

L'equilibre et le niveau dans les salaires, (les capacités et les autres circonstances supposées égales d'ailleurs) sont entre les nations, comme dans l'intérieur des nations, des loix aux quelles on ne peut se soustraire que pour un tems et avec dommage.

Même à l'époque, hélas ! trop lointaine, où M. *Malthus,* et

moi nous aimons à espérer que le genre humain pourra recevoir une assez bonne éducation, devenir assez éclairé pour
qu'il se trouve dans le plus grand nombre des ménages beaucoup de prudence et de moralité, même à cette époque à laquelle je crois, et dont la possibilité n'est point avouée par les
écrivains d'aujourd'hui, M. *Malthus* ne peut se flatter que
l'on atteigne le but qu'il se propose.

La *contrainte morale* la plus sévère, la plus rigoureuse économie dans le bonheur individuel, n'empêcheront jamais la
population de se proportionner aux subsistances et aux
richesses, de s'étendre quand celles-ci augmenteront, de se
restraindre quand les familles seront gênées. Qui est-ce qui
a le plus fortement démontré cette vérité ? C'est M. *Malthus*.

Ayant reconnu que la population ne saurait être arrêtée
que par l'indigence et que c'est une impérieuse loi de la
nature, il était sur la voie pour reconnaitre aussi l'utilité de
cette loi : sa très grande utilité pour l'espece humaine.—
Aucune loi naturelle ne peut être nuisible ou mauvaise. Il
n'en est aucune qui ne soit un bienfait de la Providence pour
les êtres qu'elle concerne.

Si les hommes n'étaient pas de grade en grade stimulés
par les besoins, la paresse, à laquelle on céde si aisément,
serait la Reine du monde. Et comme la paresse recueille
peu, ne produit rien, les subsistances seraient infiniment
rares. Il n'y aurait donc que très peu d'hommes sur la terre ;
et ce petit nombre d'hommes ne vivrait que dans un dénuement
absolu. Leur état ne vaudrait pas mieux, il vaudrait moins
que celui des hommes dont la pénible situation a excité la
solicitude de M. *Malthus*.

S'il n'y avait pas une classe, même nombreuse, d'hommes
que leur concurrence réduisit à se contenter d'un faible salaire,
et dont le travail put donner un bénéfice aux hommes plus
aisés, qui leur rendent un très grand service, en leur offrant
de l'emploi, en leur fournissant pour cet emploi les matériaux
et les instrumens nécessaires et surtout en les nourrissant
par avance, aucun travail un peu considérable ne pourrait
avoir lieu. Car il n'y a aucun travail qui ne demande des

avances de richesses précédemment acquises, *un capital*
en matières, en outils, en subsistance assurée pour l'ouvrier
jusqu'à ce que l'ouvrage soit fait, et puisse être consommé ou
mis en vente.

Il faut donc que dans le produit de tout travail il y ait *une
part pour* L'OUVRIER, *et une part pour le* CAPITALISTE ; sans
quoi celui-ci n'avancerait pas son *capital*, ne le mettrait pas
au hazard des événements ; et le travail que ce capital solde
ne serait ni ordonné, ni guidé, ni fait ; sans quoi encore l'ouvrier, qui n'a pour vivre que le salaire qu'il désire obtenir,
et qu'il doit toucher au jour le jour *par avance*, sur le simple
espoir de ce que pourra produire son travail, serait privé de
ce salaire : il périrait de faim, ou se ferait voleur, dernier
parti qui occasionnerait une beaucoup plus grande destruction
de richesses et de subsistances, une augmentation générale de
pauvreté, une plus fâcheuse diminution de l'espèce humaine.

Plus la concurrence libre et indéfinie réduit le prix du
travail des ouvriers de peu de capacité au simple nécessaire,
plus il reste de profit pour les capitalistes qui leur donnent
de l'occupation et les payent.   Or ce profit des capitalistes,
s'ils ne sont pas entraînés par de mauvaises mœurs, à le dépenser totalement en jouissances frivoles, (et tous, ni même
leur plus grand nombre, ne peuvent pas être si insensés) ce
profit des capitalistes, qui n'est pas *une production*, mais une
économie, le fruit d'une bonne administration, une sage, utile
et importante accumulation de richesses, accroît les capitaux
qui donnent le moyen de faire de nouvelles entreprises d'a-
griculture, de manufactures, de commerce, lesquelles augmentent pour toute la société la masse de subsistances, en amélio-
rent la répartition, et procurent de nouveaux salaires aux
derniers rangs des hommes laborieux.

Pour les grandes entreprises, il faut de grands capitaux ;
et dans l'ordre naturel, c'est à dire, sans oppression et sans
monopole, ceux-ci sont la récompense des hommes les plus
sages et les plus habiles, qui se sont acquittés de leur travail
avec le plus de talent, de vigilance et d'exactitude, et qui ont

B

le mieux dirigé celui des autres. Si cette récompense légitime n'avait pas lieu, si les capitaux étaient répartis avec égalité, ce qui serait injuste, (car les paresseux, les prodigues, les ignorans n'ont aucun droit à l'égalité avec les actifs, les intelligens, les économes) il n'y aurait ni *salarians* ni *salariés*; aucune ferme considérable, aucune manufacture importante ne pourrait s'élever, aucun magasin ne pourrait s'établir et conserver les productions des années abondantes pour les années stériles: les subsistances seraient infiniment diminuées, on ne pourrait pas faire vivre à beaucoup près autant d'hommes.

Les plus médiocres d'entre eux ayant bientôt dissipé leur petit capital, tomberaient dans une pauvreté que les autres ne pourraient soulager; car leur capital à eux-mêmes étant très faible, ils seraient dans l'impuissance d'offrir des salaires pour aucune opération notablement profitable. Ainsi l'acquisition des richesses par les hommes les plus éminens de la société est non seulement juste en elle-même, puisqu'elle est le fruit de leur travail et de leur économie, mais elle est extrêmement utile aux plus indigens. Il faut qu'il y ait des riches, des gens d'esprit, des hommes de génie, pour que les pauvres et les moins instruits puissent élever leurs enfans.

C'est par le concours et les relations de ces différentes classes, c'est par leurs conventions amicales, libres, réciproques, et par le respect pour leurs droits mutuels, que la société se perfectionne et s'enrichit au profit de tous ses membres; que la population s'étend; et que *trente millions* d'hommes parviennent à vivre, et que de plus grands progrès dans l'art social pourraient, pourront un jour, en faire vivre *soixante millions* sur un pays qui, dans son état sauvage, pareil à celui de l'intérieur de l'Amérique, de l'Afrique ou de la Nouvelle Hollande, n'en aurait pas nourri *trois mille*, qui tous auraient été plus malheureux, moins certains de leurs alimens, moins garantis contre les injures de l'air, plus exposés à des maladies funestes, que ne le sont les dernières classes des trente millions qui vivent aujourd'hui, beaucoup plus que ne le seront les dernières classes des soixante millions qui leur succéderont quand la société aura pris une perfection encore plus grande.

Ce n'est que parcequ'il y a eu autrefois *deux mille pauvres* obligés de recevoir des salaires de *mille riches* d'alors, et de vivre avec moins de jouissances que ces *mille riches*, qui eux-mêmes en ce tems-là n'étaient encore vêtus que d'une peau, soit de mouton, soit de loup, que l'on trouve aujourd'hui dans la contrée qu'ils habitaient *deux millions d'indigens*, de qui la misère est presque aussi grande que celle des riches du premier âge, et *huit millions* d'autres, en meilleur état, et *dix millions* qui ont toutes les véritables aisances de la vie, et *neuf* autre *millions* de riches, et *un million* de très-riches sur ce même territoire qui primitivement ne suffisait qu'à peine à la subsistance de *trois mille* très-pauvres âmes, les riches compris.

Il est constant que dans toute l'Europe, le peuple est mieux logé, mieux habillé, en général mieux couché, moins mal nourri, qu'il ne l'était il y a un siècle ; nous avons tous vû de nos jours la science du jardinage faire d'incroyables progrès, et tirer du sol sabloneux et stérile qui sur le bord des grandes rivières environne naturellement presque toutes les grandes villes, une multitude de productions végétales qui augmentent, qui varient, qui *salubrifient* la nourriture même des classes les plus indigentes, et à plus forte raison de celles qui leur sont supérieures.

C'est à cause de cela que l'excellent *Jefferson*, et son digne successeur M. *Madison*, pour mettre les *Cherokées* plus à leur aise et les rendre plus heureux, ne leur ont point conseillé *la contrainte morale* à laquelle ils n'auraient rien compris.

Au lieu de ce conseil inutile, dont le plus grand succès n'aurait pu conduire qu'à les laisser dans le même état, ils leur ont donné des vaches, des charrues, des haricots, des pommes de terre, des instructions sur la culture ; et ils ont

introduit chez eux la *vaccine* qui, en bannissant la meurtrière
petite vérole, diminue leur mortalité et celle de leurs enfans.

M. *Malthus* est porté à croire que les derniers des *Cherokées* n'en seront pas beaucoup plus riches, et il a raison. Mais
ils le seront un peu plus ; et il y aura plus de *Cherokées*, et
surtout de *Cherokées heureux*. Et à mesure qu'ils le deviendront davantage, les productions qu'ils auront cultivées, les
arts qu'ils auront acquis, les jouissances auxquelles ils se seront accoutumés, établiront entre eux et les Etats-Unis des
échanges réciproquement avantageux. Les Etats-Unis même
auront gagné, ou plutôt se seront créé, *un allié*, qui devenant
une force militaire peu redoutable pour eux, utile contre les
ennemis qu'ils pourraient avoir, donnera une sureté de plus à
leurs frontières, une garantie de plus à leur glorieuse indépendance.

La population, toujours réglée par les subsistances en
s'étendant toujours avec elles, n'est donc point un mal en elle-
même : et au contraire elle est toujours un bien, quoiqu'elle
soit nécessairement entourée dans la classe la plus pauvre de
malheurs particuliers, et même généraux, de chagrins, de
privations qu'on peut adoucir, non pas faire cesser entièrement.

Le devoir des gouvernemens à son sujet est de ne mettre
aucun obstacle au travail productif qui fait naître les subsistances et les matières premières ; ni au travail utile qui les
façonne, qui les amalgame, qui les conserve, qui les échange,
qui en répartit, et en égalise autant qu'on le peut la distribution ; ni à l'émigration qui cherche où elle pourra travailler
avec plus de profit, car, plus les hommes travaillent avec profit, plus ils augmentent, directement ou indirectement, par
production, ou par accumulation, la masse des richesses humaines dans lesquelles le commerce donne à chacun sa part :
et il vaut mieux pour une nation laisser ses citoyens et ses habitans aller où ils pourront gagner, elle en retirera plus de
bénéfice, ou d'autres avantages, que si elle voulait les faire
travailler chez elle *à perte*.

Mais, dit M. Malthus, *on a voulu encourager les naissances avant que les subsistances fussent produites.* On a eu tort; et il faut louer M. *Malthus* de la force avec laquelle il s'élève contre cet abus qui tient à un défaut de lumières. On ne peut étudier l'économie politique sans se convaincre qu'il est toujours bon d'éclairer les hommes : mais qu'il ne faut ni *encourager*, car on ne serait pas sur de bien placer son encouragement; ni *décourager*, car on serait presque certain de nuire par la prohibition ou les restrictions qu'on voudrait prononcer: qu'il faut *laisser faire*....TOUT, hors l'injustice, l'injure, la violence, le crime, le vol, le meurtre, l'incendie.

M. *Malthus*, qui a une extrême peur de la population surabondante, croit qu'il serait nécessaire de la *décourager ;* et que, pour y parvenir, il faudrait que les pauvres ne pussent espérer pour leurs malheureux enfans aucun secours *certain.*— " Lorsque des parens abandonnent leurs enfans," dit-il, " ils " commettent un crime dont il faut les rendre responsables.— " La société ne doit point être appellée à prendre leur place. " Par rapport à la société, *un enfant peut être aisément rem-* " *placé :* (tome III. page 111. de la traduction de M. Prevost.) " On oublie qu'il faut envisager la mort de ces infortunées " créatures comme la suite nécessaire de la conduite de leurs " parens dénaturés, qui doivent en être rendus responsables " devant Dieu et devant les hommes." (page 112.) " Il n'y a " aucun moyen à la portée du pouvoir civil qui puisse être " aussi efficace (pour empêcher l'exposition des enfans) qu'un " simple avis universellement répandu, portant qu'à l'avenir " les enfans ne seraient plus entretenus que par leurs parens ; " et que si ces protecteurs naturels venaient à les abandon- " ner, ils ne doivent point s'attendre à voir leurs soins rem- " placés autrement que par les secours *casuels* de la charité " des particuliers.

" Il paraitra peut-être *bien dur,*" ajoute-t-il, " que des " enfans, qui n'ont aucun reproche à se faire, soient appellés " à souffrir de la mauvaise conduite du chef de la famille."

Oui, j'en conviens, cela me parait *bien dur.*

"Mais," dit M. *Malthus*, " c'est encore là une loi immu-
" able de la nature. Et l'on doit y penser à deux fois avant
" de prétendre la contrarier d'une manière *systématique*."
(page 116.) " La pensée que les enfans portent la peine des
" fautes de leurs parens a de l'empire même sur le vice. Il
" parait indispensable dans le gouvernement moral de cet uni-
" vers que les péchés des pères soient punis sur leurs en-
" fans." (Page 117.)

Il est difficile d'éprouver une plus profonde affliction que
celle que j'ai ressentie, et qui a été mêlée d'un peu de colère,
en voyant ces étranges phrases dans un livre estimable, et
sorties de la plume d'un homme de bien, qui dit lui-même
(page 154 du même volume) "Ces raisonnemens ne s'appli-
" quent point aux cas d'une urgente détresse."

Mais quelle plus urgente détresse que celle d'un enfant
nouveau né ?

" D'une détresse," continue M. *Malthus*, "produite par
" quelque accident, que n'a point occasionné l'indolence ou
" l'imprudence de celui qui en est la victime."

Quelle a pu être l'indolence ou l'imprudence de l'enfant
qui pousse ses premiers vagissemens ? Et puis est-ce de l'imprudence ou de l'indolence qu'il s'agit ? C'est de la souffrance
et du danger.

" Si un homme se casse la jambe ou le bras, notre devoir
" est de le secourir, sans nous informer de son mérite." Là M.
Malthus redevient digne de lui-même et du but général de son
ouvrage. Il rentre sous la loi de la raison, de la justice, de
l'humanité. *Bon Saint Vincent de Paule*, et vous philosophes
Français, philosophes de tous les pays, pardonnez-lui d'avoir
fait violence à son caractère pour en sortir un seul moment !

On devra secourir l'homme qui a le bras cassé : on le devrait même quand il se le ferait cassé en voulant commettre
un crime ; et l'on abandonnerait un enfant nouveau né, qui a
bien pis qu'une blessure, qui ressent de la tête aux pieds une
maladie universelle, laquelle n'est point du tout de sa faute,
et la plus cruelle, la plus indubitablement mortelle de toutes

les maladies, le froid et la faim! Qu'importe que *pour la société il puisse être aisément remplacé !* Comptons nous des
troupeaux ?—Celui que vous croyez qui le remplacera sera-t-il
lui-même? N'est ce pas *lui-même* qui avait un droit naturel
à vivre, puisqu'il vivait? et un droit à vivre par nos secours,
puisque nous serions tous morts, si à son âge nous n'avions
reçu les secours dont nous avons eu besoin comme lui, et qui
nous ont conservé la vie! Payons nos dettes! - - - - Et qui
vous a dit quel est cet enfant? Comment savez-vous qu'il est
remplaçable? *Socrate* fut le fils d'un sculpteur médiocre, d'un
pauvre *Hermoglyphe;* il pouvait être exposé comme tant
d'autres. *D'Alembert* a été un *enfant trouvé.* Sur combien
de *milliards* d'enfans avez-vous l'espoir qu'il pourra s'élever
un homme propre à remplacer *Socrate* ou *D'Alembert?* Et
que serait devenu le peuple Juif si la fille de Pharaon n'avait
pas eu pitié de *Moïse?*

La faute d'un père inconnu, que fait elle à cela? Et cette
prétendue faute n'est pas constatée quand on trouve l'enfant.
On peut l'avoir enlevé à ses parens. Mille autres causes in-
nocentes, ou excusables de leur part, peuvent avoir amené
cette exposition. Mais supposons la faute : quelle autorité
oserait condamner un homme *à mort,* pour avoir, dans l'en-
trainement d'une vive passion, fait un enfant, peut-être *avec
imprudence,* comme dit M. *Malthus?* Et l'on y condamnerait
l'enfant que cette imprudence a fait naitre!

Repoussons avec horreur *le massacre des innocens !*—Comment M. *Malthus* n'a-t-il pas reculé devant l'idée de punir un
pauvre enfant de la faute d'un père, qui, s'il est coupable,
l'est principalement envers cet enfant même? Frapper sur
l'opprimé !

Son ouvrage tout entier est consacré à prouver que l'exposition des enfans doit être le plus souvent l'effet du malheur;
qu'il y a partout des familles réduites à une misère extrême,
des parens qui dans leurs infirmités, ou dans l'impossibilité
momentanée de se procurer du travail et des salaires, ne pou-
vant se nourrir eux-mêmes, peuvent encore moins nourrir

leurs enfans. Quel crime commettent-ils alors en les léguant à la généreuse assistance du gouvernement, ou à la vertu compatissante des particuliers ? Rarement un père, jamais une mère n'ont recouru à cette triste ressource sans un sentiment de désespoir. Comment vouloir qu'il soit ajouté encore un degré à cette douleur, qui déjà était au comble ? Comment ordonner que la plus cruelle iniquité soit appliquée sur un tiers sans reproche, en prétendue punition de la plus déplorable infortune que puissent éprouver ses parens !

Béni soit le saint législateur dont la très-haute intelligence n'aurait pas pu comprendre que l'on proposât de laisser mourir les enfans que leurs pères ne pourraient alimenter. Il voulait qu'on les secourut. Il voulait les secourir lui-même. Il a dit avec cette tendresse et cette bonté qui le caractérisaient et le rendaient si aimable, il a dit, *Sinite parvulos ad me venire*. Il promettait des récompenses éternelles pour un verre d'eau charitablement offert.

C'est par sensibilité pour les enfans dont les parens sont privés des moyens de les élever que M. *Malthus* a écrit son livre.

Je suis garant pour lui que, s'il rencontre un enfant exposé sur sa porte, il le prendra dans ses bras ; il le réchauffera devant son feu ; il lui cherchera une nourrice ; il en payera les mois ; et l'*enfant* aura *trouvé* un PÈRE. Il indique que ce peut être un devoir de la *charité privée :* mais si la charité privée est absente ou impuissante, c'est donc un devoir de la *charité publique*.

La charité publique est doublement engagée envers les enfans dénués d'autres secours dans les pays où le gouvernement, cédant à l'erreur que M. *Malthus* a si justement combattue, croit devoir *encourager* les mariages par tout autre moyen que celui que la nature emploie, l'accroissement des subsistances et des richesses. Nous espérons qu'il n'insistera pas sur ce qui lui est échappé concernant les enfans trouvés.

Il a blâmé de même les institutions faites en faveur de la maternité indigente, et pour lesquelles nous pourrions lui opposer une partie des mêmes raisons. , Le danger physique des mères n'est pas aussi grand, quoique très réel ; mais elles ne viennent jamais réclamer le secours sans éprouver une peine morale, le plus souvent deux, toutes deux infiniment amères.

· Il a quelques autres opinions que nous ne pouvons partager.—Par exemple, il a blâmé la construction autour des grandes fermes de ces petites maisons qu'on appelle *cottages* en Angleterre, et *manœuvreries*, ou *bordes*, ou *borderies* en France. Il a blâmé de plus, ou au moins regardé comme inutiles à la prospérité générale, les trois ou quatre arpens de terre et les petits jardins attachés à ces maisonnettes, ainsi que le don d'une ou de plusieurs vaches à leurs possesseurs, quoique ce soient de très bons moyens d'empêcher la pauvreté d'être vagabonde, et d'établir les ouvriers de culture à portée des riches entrepreneurs. Les fraix de culture en sont diminués : il en résulte qu'elle peut être étendue sur des terreins plus médiocres, dont les productions cependant nourrissent des hommes et sont des richesses. Il en résulte encore un plus utile emploi du tems de ces ouvriers et de la capacité de leurs femmes. Toutes celles-ci filent, cousent ou blanchissent. Plusieurs des hommes sont tisserands. La terre aide le métier, et le métier aide la terre. Dans les intervalles des grands travaux de la ferme, ils mettent et tiennent en valeur leur petit héritage ; toutes leurs basses-cours prospèrent ; leurs enfans se rendent utiles de bonne heure. Ils sont formés au travail par l'exemple et par l'habitude, au lieu de l'être à la mendicité. Leur santé est meilleure que dans les fabriques. Ils respirent l'air, voient la nature, et le ciel. Le fermier ou le propriétaire prennent pour les habitans de leurs hameaux des sentimens paternels. Ce sont de part et d'autre d'abondans germes de vertu.

Mais sans mépriser aucune vertu, c'est de celle qui peut comprimer le désir de faire des enfans que M. *Malthus* est principalement touché. Pourvû qu'on se marie tard, et que

c·

l'on porte *la contrainte morale*, jusques dans le mariage, il croit avoir remédié à tout.

Il a pourtant songé, mais seulement vers la fin de son livre, aux plus dangereux, peut-être aux seuls dangereux des *encouragemens* donnés aux mariages, et à leur fécondité : ceux qui font naitre sur les moyens de subsistance des illusions toujours nouvelles, qui font concevoir aux classes laborieuses des espérances fréquemment trompées.

Nos lecteurs trouveront à la fin de cet Examen quatre chapitres de son ouvrage, omis ou supprimés dans l'édition Française, et qui montrent combien il est instruit du fond de la question, combien il était digne et capable de la traiter sous son véritable point de vue.

Nous y avons admiré M. *Malthus* comme un des esprits les plus propres à la science de l'économie politique, et qui la possède le mieux. Nous avons éprouvé une surprise respectueuse en voyant qu'il a raison quant aux choses contre le célèbre *Adam Smith*, et quelquefois quant aux expressions contre les économistes Français, dont il adopte d'ailleurs les principes.

Mais les erreurs de son gouvernement lui ont paru trop enracinées. Il a moins estimé les philosophes et les administrateurs que les simples ouvriers. Il a cru plus facile de contenir *l'amour* dans le troupeau que de propager *la raison* chez les pasteurs.

Il a vu de pauvres gens exposés aux tristes alternatives d'un travail qui, dans sa plus grande prospérité, n'assure pas la subsistance exigue qu'il procure, et qui, toujours prêt à cesser ou à changer, livre chaque année, tantôt les uns, tantôt les autres de ses agens, à une misère sans remède.

Il a voulu du moins leur épargner la douleur de voir immoler leur postérité par cette espèce de travaux trompeurs, variables, infructueux. Il a dit sans cesse à leurs victimes actuelles, *Ne faites pas d'enfans.*

Mais les malheurs de la dernière des classes laborieuses chez les Anglais, ces malheurs qui affligeant le cœur de M.

Malthus ont produit son livre, en lui-même très important, ne tiennent point à ce qu'il appelle *le principe de la population*, ou le désir imprudent d'avoir des enfans, sans s'inquiéter de savoir comment on les nourrira. Cette espèce de folie n'est pas si générale, surtout en Angleterre, que le dit M. *Malthus.*

Presque aucun des maux qui l'ont touché n'aurait eu lieu par le seul effet de l'accroissement de la population. Quand çet accroissement n'est que la suite des causes qui lui sont spécialement propres, quand il n'est progressif que naturellement, sans excitation exagérée, provenant, soit des méprises de l'autorité, soit des erreurs générales de la nation, sa marche est modérée et sans secousse. Il n'a que des ondulations légères : une augmentation de richesses et de subsistances pousse la population en avant. Elle se resserre d'elle-même quand les moyens diminuent, si c'est avec une lenteur qui permette d'en calculer la cause et les effets ; car les parens aiment leurs jouissances personnelles, et craignent d'être forcés à restraindre les commodités de la vie, même la portion de luxe auxquelles ils sont accoutumés. Il n'y a que les intercadences et les saccades qui soient très funestes, parcequ'on ne saurait les prévoir ni s'y préparer, attendu qu'elles ne sont point dans la nature. *Natura nihil agit per saltum.*

L'extrême misère que, dans les isles Britanniques, dans le pays qui est proportionnellement le plus riche de l'univers, on voit à côté de la plus grande aisance et de l'opulence la plus haute, y vient d'une autre cause, contre laquelle *la contrainte morale* serait absolument impuissante. Elle tient à un fait très public, très frappant, à un fait incontestable, et qui, malgré son évidence, n'est peut-être pas connu de vingt personnes en Europe. Elle tient à *la mauvaise impulsion* donnée à l'industrie et au commerce chez cette nation, que l'on croit la plus habile de toutes en commerce et en industrie.

L'Angleterre a tourné les capitaux, l'esprit, les talens de sa nation vers les manufactures de luxe, dont on vend les

ouvrages, soit à l'étranger, que l'on a principalement en vue,
soit aux riches qui habitent dans les grandes villes et dans
les châteaux de l'intérieur du pays.

Les artisans et les entrepreneurs qui se livrent à ces
branches d'une brillante industrie, sont d'abord dans une situation fort douce ; quelques uns font de gros bénéfices.—
L'ouvrier, qui reçoit d'abondans salaires, se croit au-dessus
du besoin. *J'ai un bon métier*, dit-il : il a fait quelques économies : il se marie sans crainte et sans scrupule. M. *Malthus* lui-même ne l'en détournerait pas. Ses gains passés
semblent être le gage de ses gains futurs. " *Voyez*," disent
les Colbertistes et les Anglomanes, "voyez *les miracles du
" génie ;* voyez comment on fait vivre une partie de la na-
" tion avec des salaires tirés de l'étranger : admirez l'art
" avec lequel on tourne les fantaisies des riches à l'utilité
" des pauvres."

Mais cette éphémère prospérité s'agite sur un sable
mouvant, qui chaque jour engloutit une multitude de familles.

Les fantaisies et la frivolité des riches ne donnent à aucun
d'eux la faculté de dépenser un écu de plus qu'il n'a. Dépenser d'une manière quelconque c'est jouir de leur fortune.
Ils n'en ont pas d'autre emploi. Ce qu'ils ne dépenseraient
point en superfluités, ils le dépenseraient en choses plus
utiles, qui feraient vivre exactement le même nombre de salariés. Quelques uns le dépenseraient en entretien et amélioration de leurs héritages. Il n'y a rien de plus amusant ;
car c'est la seule occupation où l'on trouve avec certitude
trois choses que tout le monde aime, l'abondance, l'espérance et l'autorité. Le travail du même nombre de familles,
ainsi dirigé, deviendrait plus productif : d'année en année il
ferait naître la subsistance et les salaires de plusieurs familles nouvelles. Vingt hommes qui cultivent un champ
gagnent autant de salaires que vingt hommes employés dans
diverses fabriques. Mais les premiers produisent une récolte, qu'ils partagent avec quelqu'un ; et les autres ne font

que se disputer, et disputer à quelqu'un le partage des récoltes déjà produites.

Ce que l'on peut désirer de mieux pour ceux-ci est que le partage auquel ils ont droit ne soit pas trop inégal, et qu'il ait quelque stabilité ; qu'il ne soit pas distribué de manière qu'alternativement les uns aient *tout*, et les autres *rien*. Or c'est ce genre de partage arbitraire et désordonné qu'opèrent les fantaisies et la frivolité des riches : fantaisies, frivolité que l'on croit très mal-à-propos utiles aux pauvres, tandis qu'elles en sont au contraire le fléau ; et dans les sociétés modernes la plus générale cause de la pauvreté d'un grand nombre d'agens de l'industrie.

Les plaisirs naturels, les jouissances réelles et pures, sont peu variables. Les ouvriers qui vivent de la dépense que font les hommes raisonnables et modérés peuvent compter sur la solidité de leur état, sur sa durée. Ceux-là sont à portée de calculer d'avance et sans erreur notable les moyens qu'ils auront d'élever leurs enfans. En dérangeant cet ordre salutaire, les frivolités et les fantaisies changent à chaque instant comme les modes qu'elles enfantent. Nous avons vu en France la Gaze, les Batistes, les fabriques de blonde, la peinture des éventails, donner à des artistes, à des artisans, à des fabricans entrepreneurs, à une multitude d'ouvriers, des gains considérables. La mode a changé : les *métiers* qui étaient *bons* sont devenus *mauvais*.

Les ouvriers ne peuvent à chaque mutation de la mode apprendre et savoir tout de suite un métier nouveau, ni se procurer de nouveaux outils qu'ils ne connaissent même pas. Les entreperneurs ne peuvent pas davantage embrasser promptement une nouvelle industrie, changer la disposition de leurs bâtimens, avoir de nouvelles machines ou de nouvelles matières, diriger également bien de nouveaux ouvriers dans des métiers différens. La pluspart avaient des magasins pleins de marchandises devenues sans valeur, sur lesquelles la matière et les salaires payés sont perdus. Ceux de ces entrepreneurs qui n'avaient pas une fortune im-

mense (et c'est toujours le plus grand nombre) sont ruinés
et font banqueroute.   Tant que leur capital dissipé n'aura
pas été réuni par les bénéfices successifs, que pourront faire
d'autres *capitalistes*, tant qu'il demeurera réduit en parcelles
répandues entre mille mains, personne ne pourra en solder
aucun travail, qui demande un concours d'ouvriers, d'instrumens et de matériaux.   Il y aura stagnation, oisiveté forcée,
et misère dans toutes les familles à qui ce capital avait procuré de l'ouvrage et du pain.

Chacun de ces événemens que l'instabilité des modes rend
inévitables, et impossibles à prévoir avec justesse, produit
donc non-seulement un changement dans la distribution du
travail et des subsistances qui dérange beaucoup de familles,
mais amène une diminution dans la masse des capitaux ag-
glomerés et *salarians*.

On ne sait point assez combien il importe qu'une grande
portion des richesses soit rassemblée en *capitaux*.   Très peu
de gens ont songé qu'une nation pourrait être entièrement
ruinée sans avoir perdu une seule pièce de monnaie, ni même aucune partie de son territoire, de ses édifices, de ses
meubles, de ses denrées, ni de ses marchandises.   Le seul
déplacement de la fortune des entrepreneurs du travail, si
par tel ou tel événement désastreux elle était dispersée entre
les autres citoyens, suffirait pour arrêter les travaux, tant
productifs que distributifs, parce que personne alors n'aurait assez de richesses pour avancer aux ouvriers leur salaire: la réproduction et la distribution de tout ce qui est
nécessaire aux besoins de l'homme seraient interrompues,

Un tel malheur ne peut être général, mais il n'y a pas
une entreprise dont la ruine ne soit le commencement d'un
tel malheur, en occasionnant une diminution proportionnelle
dans la masse totale des capitaux et des salaires ordinaires du
travail, dans le bonheur des individus, dans la prospérité
sociale.   Il en résulte toujours un contrecoup fâcheux même
pour les capitalistes qui subsistent, et pour les ouvriers dont
la profession s'exerce encore ; car toutes les productions et

toutes les marchandises, tous les travaux, tous les services s'achètent mutuellement, se payent l'un l'autre : aucune partie de leur circulation ne peut être troublée ou suspendue, sans que ses correspondantes souffrent.

Quant à ceux que l'ancienne mode occupait, et qui jusqu'à ce qu'ils aient pu trouver un nouveau métier, demeurent sans emploi et sans salaires, leur calamité est affreuse. Ils avaient des enfans : ces enfans étaient nés sans qu'on pût reprocher à leurs pères *l'imprudence* que M. *Malthus* réprouve si sévèrement. Faut-il s'étonner qu'ils implorent la charité publique?

M. *Malthus* peut voir que ce n'est pas la population qui cause ces malheurs, et que c'est elle qui en gémit. Elle n'excédait pas les subsistances avant que le métier qui procurait le moyen de vivre à ces familles, devenues malheureuses, fût abandonné. Mais une partie de la population ne saurait éviter de tomber dans l'infortune, et une partie des capitaux d'être dissipée et dispersée, la masse des salaires d'être diminuée pour un tems, à chaque fois qu'un nouvel ordre dans la direction des goûts et la distribution des dépenses, enlevant aux uns le travail et les salaires pour les jeter à d'autres avec excès, conduit les premiers à la mendicité, et les seconds au gaspillage, jusqu'à ce qu'un nouveau mouvement de la girouette ruine ces derniers à leur tour.

Au lieu donc de dire à ces gens sans ouvrage, *Ne faites pas d'enfans*, à quoi ils pourraient répondre, *Helas nous n'en avons plus guère envie*, il serait raisonnable et utile de leur épargner tout blâme et toute exhortation : mais de pousser autant qu'on le pourrait les gouvernemens, les capitalistes, les philosophes, les bons écrivains, les riches, les pauvres, les entrepreneurs, les ouvriers, à employer toutes les forces de la persuasion, de l'exemple, de la raison et du sentiment, pour tourner les goûts, les mœurs, les habitudes, le travail, l'industrie, vers les productions et les ouvrages qui peuvent être d'un usage général, qui ont une véritable utilité ou une véritable commodité, et qui se consommeraient dans le pays,

plutôt que vers les fabrications d'un grand éclat, qui ne servent qu'aux fantaisies des hommes très riches, rendus incon-
stans et frivoles par leur perpétuel ennui, ou à des fabrications dont il faut aller chercher une partie du débit chez
l'étranger, aux hasards de la guerre, à ceux des mers, à ceux
du caprice des cours.

Si chez une nation de trente millions d'individus, dont il
n'y aurait qu'environ la moitié de chaussée, l'usage s'éta-
blissait que tout le monde portât des souliers, on ne pourrait
plus retrancher cette jouissance aux ouvriers, et en préve-
nant beaucoup de maladies et de blessures, elle pourrait
n'être onéreuse ni à eux, ni à ceux qui emploient leur travail. La fourniture de ces souliers, à quatre paires par an
pour les *quinze millions* d'adultes, vaudrait *trois cent millions*, et celle des autres souliers qu'useraient les *quinze millions* d'enfans environ *cent cinquante millions*. Ce serait donc
un commerce annuel de *quatre cent cinquante millions*, dont
la moitié en nouvelle industrie : commerce qui ne craindrait
aucun naufrage, et qui, soutenant le bon prix du cuir, tendrait à la multiplication des bestiaux, c'est-à-dire, de la
viande, du lait, du beurre, du fromage, et des fumiers qui
fertilisent les terres, et augmentent l'abondance des récoltes et du pain ;—que l'on estime la valeur totale du commerce des étoffes brochées d'or, ou de celui de la bijouterie,
et l'on verra combien ils sont mesquins et *misérables* en comparaison, combien ils contribuent moins au bonheur des individus, à la sureté de la subsistance pour les classes laborieuses, à la puissance de l'état.

La bonne impulsion donnée par les salutaires effets de
l'instruction, à la moralité et à l'utilité du travail, peut donc
empêcher des maux énormes, et produire de très grands
biens, sans qu'il soit besoin d'entrer dans le détail le plus se-
cret de l'intérieur des ménages. Et cette bonne impulsion
peut venir d'en haut. Il suffit pour elle qu'un petit nombre
de vérités aient frappé quelques personnes d'une éducation
distinguée, sachant bien écrire et passablement parler, ap-

pellées aux assemblées représentatives, ou même admises au conseil des gouvernemens et des rois. La *contrainte morale* dont parle M. *Malthus,* qui ne balancerait nullement les funestes conséquences de la mauvaise impulsion du travail, demanderait une instruction généralement répandue chez une classe d'hommes, dont la pluspart n'ont pas encore reçu les premiers élémens de l'instruction.

Dans cette discussion sur les vicissitudes de la mode, aussi dangereuses que ridiculement propagées et vantées, nous n'avons encore examiné bien spécialement que son influence combinée avec la mauvaise impulsion du travail dans l'intérieur de chaque pays isolement considéré.—Les préjugés qui ont conduit toutes les nations de l'Europe à cette impulsion inverse de ce qu'elle doit être, et de ce qu'elle aurait naturellement été, ont, relativement au commerce étranger, tendu un piège plus redoutable encore aux classes laborieuses, en les induisant, pour leur industrie et pour leurs mariages, à une confiance plus souvent et plus cruellement déçue. C'est un fait que M. *Malthus* a parfaitement reconnu. Il a employé, à en exposer avec la plus grande force tous les dangers, les quatre beaux chapitres de son ouvrage, supprimés dans l'édition Française, et dont nous joindrons la traduction à cet écrit.

Les préjugés des Anglais, ou ceux de M. Colbert (que le reproche en demeure à qui de droit), ont tellement séduit le monde, qu'on a presque partout cherché à exciter et à régler le commerce avec l'étranger, sur la plus fausse et la plus hasardeuse spéculation. On a cru qu'il serait utile de se faire *Manufacturiers de luxe* pour toutes les autres nations. C'est dans ce dessein et dans les espérances illusoires qu'il donne que l'on a travaillé à l'envi.

Parcequ'en accumulant sur la faible valeur d'une petite matière première, la valeur infiniment plus considérable des consommations faites par les ouvriers qui la travaillent, on rend une grande valeur totale, aisément transporta-

ble ;* tout ébloui d'avoir vu de pauvres ouvrieres, à douze
sols la journée, faire avec un écu de lin pour dix mille francs
de dentelle, on s'est imaginé que ce serait un singulier avantage de mettre, par ces manipulations de choses précieuses,
le plus que l'on pourrait de la population nationale aux gages
de l'étranger. Et l'on a, surtout en Angleterre, poussé cette
idée jusqu'à occuper ainsi au service des étrangers plus
d'ouvriers que les récoltes du pays n'en peuvent nourrir habituellement : c'est ce que M. *Malthus* regarde avec la plus
évidente raison comme une énorme folie. Il ne comprend
pas qu'on se soit mis volontairement dans la nécessité de vendre au dehors le travail de ces ouvriers, et d'acheter au dehors aussi une partie de leur subsistance.

---

* Quand on s'applique à fournir principalement des marchandises, d'un
haut prix et de peu de volume, on se soumet à payer pour l'accomplissement
de son commerce de doubles fraix de transport ; parcequ'il faut bien plus de
vaisseaux ou de charettes pour apporter la contre valeur en marchandises,
dont le prix est moins haut, et le volume beaucoup plus grand. C'est ce
qu'on appelle le commerce à *faux fret*, où il faut que les navires fassent un
des deux voyages à vuide : chose qu'il est important d'éviter le plus qu'on le
peut : et les habiles expéditeurs tachent d'arranger leurs chargemens de manière que le même batiment ou la même voiture puisse apporter le retour,
tant pour ménager les fraix que pour ne pas laisser des valeurs en souffrance.

Les théoriciens, sans pratique, grands partisans du commerce en exporta-
tions précieuses, et tenant peu de place, croient que l'on peut échapper, en
ce cas, au danger et à la dépense du *faux fret*. Ils se flattent que l'étranger
payera, en or ou en argent, qui, comme les autres marchandises précieuses,
n'ont que peu de volume.

Mais les négocians ne rapportent jamais d'*argent* d'un pays étranger,
dont ce métal n'est pas la récolte, que lorsqu'ils ne trouvent pas à l'y employer en denrées ou autres marchandises ; et cela par la raison très simple qu'il y a quelque chose à gagner sur les retours en marchandises, tandis
que les métaux précieux ont une valeur si généralement connue, si près du
niveau entre toutes les nations, qu'il est rare qu'on y puisse gagner.

Et de plus, quand on est réduit à emporter de l'or ou de l'argent, aucune
nation n'en garde, et ne peut en garder, que ce qu'il lui en faut pour sa vais-
selle, ses bijoux, son galon, ses broderies, et la monnaie nécessaire à l'*à point*
journalier de ses payemens. Elle renvoie le surplus de ses métaux, comme
une éponge rend le surplus de l'eau dont elle peut être imbibée.

Plus une nation est riche, moins elle emploie de monnaie, et moins aussi

On a engagé des guerres interminables, et l'Angleterre combat encore avec acharnement, pour soumettre ainsi plus d'un dixième, près d'une huitième de sa nation, hommes, femmes et enfans, à tous les hazards, non-seulement des modes intérieures, mais de toutes les modes du monde, à tous ceux des tempêtes de l'océan, à tous ceux de la guerre elle-même, qui peuvent frapper également sur l'exportation des marchandises que les ouvriers ont fabriquées, et sur l'importation des grains ou des farines, qui doivent nourrir ces ouvriers ; à tous ceux des événemens qui peuvent détruire les richesses des acheteurs étrangers : car on ne pourra ni ne voudra plus leur vendre, dès qu'ils n'auront plus le moyen de payer.* Il a fallu à l'Angleterre des ressources très im-

---

elle en conserve ; parceque la monnaie y est suppléée dans tous les grands achats par des promesses de payer, que souscrivent des gens dont l'opulence est connue, et dont les propriétés foncières et mobilières donnent bon gage : promesses qui s'échangent les unes contre les autres, attendu que les achats égalent les ventes. On ne solde avec de l'argent que le fermage des terres en grande culture, qui se payent par sémestre, le loyer des maisons, qu'on acquitte par trimestre, l'impôt, dont les recouvremens sont encore plus rapprochés, et le débit qui se fait journellement en parcelles aux consommateurs. Une somme de monnaie, égale à la valeur du revenu net des biens fonds, passant de main en main, est ordinairement plus que suffisante pour tous ces usages, et il ne peut en rester davantage dans le pays.

Le surplus s'écoule, et doit s'écouler : sans quoi il serait une richesse dormante, qui ne donnerait aucun profit. Il s'écoule en achats à l'étranger de marchandises, plus usuelles, plus propres à procurer quelque gain. Et ces marchandises, qui doivent completter la valeur de celles très précieuses et de peu de volume, qu'on a d'abord exportées, étant par leur nature plus encombrantes, on ne peut éviter de payer le *fret* de leur encombrement.

* Voici un assez beau passage de l'Ami des Hommes.

" C'est du commerce extérieur et des arts qu'il nécessite, de ce com-
" merce allant et venant au gré de la jalousie et des caprices de l'étranger,
" que part cet essaim de soucis rongeurs, qui assiègent les trônes, et par les
" guerres qu'il engendre, et par la misère qui les suit, et par toutes les sédi-
" tions qui naissent d'un pain mal assuré.

" Tant que vous aurez chez vous un homme nud, le plus digne emploi de
" votre industrie sera de le vêtir, avant d'aller chamarer l'étranger.

" C'est à la puissance fictive à courir les mers qui la donnent. C'est à la
" puissance réelle à sillonner la terre qui la fonde."

prévues, et des circonstances très extraordinaires, pour qu'elle ne fût pas conduite par un tel système de fabriques et de commerce à des malheurs effroyables, contre lesquels *la contrainte morale* des jeunes gens ou des époux n'aurait été d'aucun secours.

Un pays comme celui de M. *Malthus*, dont les manufactures ont cette tendance fâcheuse, et dont le commerce est ainsi monté, doit, plus que tout autre, une généreuse assistance aux familles indigentes et aux enfans malheureux. Il faut bien aider journellement ceux que journellement on ruine.

Il est une autre manière d'*encourager* les mariages, et d'exposer leur postérité. M *Malthus* en a très bien senti le danger, et l'a fortement exprimé, démontré, non pas dans la partie de son livre déjà imprimée en Français, mais dans celle que nous ayons traduite, et que nous publions aujourd'hui. Cette manière, contre laquelle il faut d'autant plus s'élever qu'elle est favorisée par les préjugés de toutes les nations, consiste à s'efforcer de maintenir le prix des subsistances au-dessous de celui qu'elles auraient naturellement. Ce fût aussi une des erreurs de M. *Colbert*, et l'une de celles qui ont été le plus nuisibles à la France.

Beaucoup de gens, presque tous, sont persuadés qu'en maintenant les grains au-dessous de leur prix naturel, on rend plus aisé de soutenir les classes laborieuses et les petits rentiers qui ont placé le fruit de leurs économies sur des particuliers ou sur l'état. On croit que cela les aide à élever leurs enfans : mais il ne faut point donner les espérances qu'on ne peut pas réaliser, et l'on ne doit pas tromper les petits capitalistes plus que les grands.

Les subsistances ne peuvent être produites qu'autant que ceux qui font les avances de la culture y trouvent du profit. Si l'on fait baisser artificiellement le prix de leurs productions, ce profit diminue, ils cultivent moins, ils abandonnent une partie des terres médiocres, dont la récolte, à un prix trop bas, ne payerait pas les frais. Ils ont moins de travail à donner : en conséquence il y a moins de salaires distri-

bués, et on les paye moins cher. Cependant la masse des
récoltes devenant plus faible, il n'y en a pas en suffissance
pour les consommateurs, le prix des denrées que l'on avait
voulu tenir plus bas que ne l'aurait fait leur cours naturel
remonte nécessairement beaucoup au-dessus. Les pauvres,
qu'on voulait protéger, sont ceux qui en souffrent le plus.
Ils en souffrent d'un côté par la diminution du travail, de
l'autre par le renchérissement subit des subsistances. Ils
portent avec aggravation le contre coup de tout ce qui frappe
sur les riches. *Priez Dieu pour les riches, pauvres gens !*

Quand la culture a été decouragée par le vil prix, elle
ne se ranime un peu qu'après que la disette a eu produit une
grande cherté. On passe ainsi de l'abondance, et d'un vil
prix qui amène la pénurie, à une cherté excessive qui recon-
duit à une autre passagère, et de nouveau ruineuse abondance.

Toutes ces secousses sont funestes.

Des prix peu variables, fussent-ils plus chers, convien-
draient mieux et aux ouvriers, parcequ'ils opèreraient la
continuation des salaires, et aux petits rentiers, parcequ'ils
donneraient une bâse aux calculs économiques de la dépense
des familles.

Mais les prix peu variables donneraient un prix moyen
beaucoup moins cher pour les consommateurs. Ceux-ci sont
forcés par une faim toujours la même, ou que la disette ai-
guise peut-être, à faire tous les ans à peu près la même consommation. Ils payent donc autant de mesures de grains
très chers que de mesures à vil prix ; leur prix moyen est
entre les deux. Mais dans la cherté, le cultivateur n'en a que
peu à vendre : ce sont les étrangers qui fournissent *l'à point.*
C'est dans les années de vil prix qu'il a vendu beaucoup de
mesures, à un prix tellement défavorable qu'elles ne lui ont
procuré qu'une recette trop faible pour couvrir ses frais, et
que son travail en a été *découragé.*

Quand les variations sont très grandes le prix moyen
n'est donc pas le même pour l'entrepreneur de culture et
pour le consommateur. Il est à la perte du pauvre ouvrier et

du petit rentier : sans compter pour eux et pour leur famille l'insupportable effet de l'alternative et de la secousse.

M. *Malthus* a trop cru, ou du moins trop dit, que dans son Angleterre la misère des ouvriers *désappointés* (ici le sens du mot *Anglais* et celui du mot *Français* coincident parfaitement) était le fruit d'une ardeur inconsidérée pour la population. Il voit et il a prouvé que le mal vient de beaucoup plus haut, et de plus haut même que les opérations du gouvernement ; qu'il vient de la tendance que l'esprit national a prise. Le seul remède serait que les politiques Anglais profitassent davantage des principes plus profonds que les philosophes Français ont posés, et qu'en général *Adam Smith* a très bien saisis, développés avec beaucoup d'art ; quoique, effrayé de voir combien le commerce et les finances de la Grande Bretagne leur étaient opposés, il ait cru devoir, dans son quatrième volume, désavouer ces principes qu'il avait victorieusement démontrés dans les trois premiers. Mais désavouer et feindre de combattre ce n'est pas réfuter.

Les Anglais ont perdu *Smith*, et nous le regrettons autant qu'ils doivent le faire.

En lisant la fin de cette brochure on verra cependant qu'ils peuvent s'en consoler, puisqu'ils ont *Malthus*, encore plus profond et plus tenace que *Smith*, sur les bons principes relatifs à l'administration de l'agriculture, des manufactures et du commerce, d'où il n'y a qu'un pas pour arriver à celle des finances : et qui sait relever les erreurs de *Smith* même, lorsque celui-ci se trompe ou exagère.

Quant à l'objet que nous venons de traiter avec lui, il nous parait que l'humanité, la justice et la raison peuvent déjà reconnaitre quelques maximes.

Ne pas vouloir pousser l'emploi des capitaux vers le côté dont l'utilité même est entourée des plus grands dangers.

Eclairer les riches, les entrepreneurs, et les hommes d'état, sur les avantages supérieurs de l'agriculture et des branches d'industrie, qui peuvent se lier avec les travaux champêtres.

Ne pas oublier que ceux-ci étendent l'intelligence et fortifient la santé, tandis que ceux des fabriques réunies en grands atteliers, altèrent le tempérament des ouvriers, les rendent stupides, en font des machines qui meuvent d'autres machines.

A profit égal préférer les ouvrages qui sont à la portée des pauvres consommateurs. Ce sont ceux dont le débit est le moins variable, et peut être le plus aisément étendu.

Ne pas trop s'occuper des manufactures, dont on ne peut vendre les ouvrages que hors du pays. Préférer le commerce intérieur au commerce extérieur.

Quant à celui-ci, avoir plutôt à exporter des productions que des marchandises ouvrées, parcequ'alors la famine devient impossible, et que les moyens de pourvoir à tous les besoins réels, sont plus assurés.

Faire connaitre aux négocians l'avantage de combiner les envois et les retours, de manière qu'ils se compensent, en valeur et en volume, qu'il y ait peu de crédits forcés, et point de voyages perdus, que les vaisseaux et les voitures ne marchent jamais à vuide.

Ne point envier aux peuples qui manquent de territoire, la précaire et hazardeuse ressource des fabriques éclatantes et du commerce de luxe.

Ne faire rien de cela par des loix; faire tout par des lumières. Il suffit que les loix ne les contredisent point. On élude les loix, ou l'on y résiste, quand les lumières ne les confirment pas.

Lorsque celles-ci plus générales auront prévenu les grandes variations dans les goûts des riches, et dans le travail qui procure la subsistance aux pauvres, l'agriculture, l'industrie, le commerce n'éprouveront par de secousses, leur marche deviendra constante. Leurs progrès suivront ceux des sciences, des arts, et de la morale.

Les pauvres même seront alors beaucoup moins souvent réduits à exposer leurs enfans.

Si quelques uns néanmoins tombent encore dans cet affreux malheur, contre lequel le cœur des pères, et surtout celui des mères, lutte toujours avec tant d'énergie, la charge qui en résultera pour la société sera bien moins pesante.

DIEU y a pourvu par la compassion dont il a fait un des élémens de l'âme humaine, et par l'inégalité même des fortunes, qui est le plus puissant ressort de tous les travaux utiles et essentiels, et qui fournit à la bienfaisance, tant générale qu'individuelle, un pouvoir efficace.

DIEU n'a point laissé de maux naturels sans compensation et sans remède :

" Aux petits des oiseaux il donne la pâture :"

Elle ne sera pas refusée aux nôtres.

Quand ils ne pourront la trouver dans leur propre famille ils ne seront alors que des survenans, en nombre assez moderé, à la table publique ou particulière des riches, et ces convives, si jeunes, n'y feront pas un grand dégat. Ils ne commencent à être fort dispendieux qu'à l'âge où ils commencent aussi à pouvoir concourir au travail.

Tel serait l'état des sociétés que n'arrêteraient pas ou des événemens extérieurs, ou des fautes intérieures, ou les préjugés plus redoutables que les fautes, parcequ'ils les causent, les vantent, les multiplient, et les perpétuent.

Mais les préjugés sont vivaces, les lumières, qui doivent les détruire, et les détruiront à la fin, ne s'introduisent et ne se répandent qu'avec lenteur. Les maux sont provisoires, et demandent à être provisoirement soulagés. Les crimes ne laissent pas le tems d'attendre, l'homme ou l'enfant qui va périr nous crie :

" Tires-moi du danger :
" Tu feras après ton harangue."

Même dans les pays où la misère d'une multitude de familles ne pourrait être imputée, comme elle l'est, avec une evidente raison en Angleterre aux préjugés nationaux, ou aux erreurs de la législature, le secours public, au défaut de tout autre, devrait être accordé *à la faim* jointe à l'impuissance d'y satisfaire.

Envers les valides, ce secours doit être borné au plus étroit nécessaire, et sous la condition du travail, d'un travail même assez pénible. Il ne faut pas d'un *à-point* faire *un attrait*. Il faut que ceux qui sont passagerement réduits à ce genre de secours ne puissent pas être tentés d'en faire un *métier*, et qu'ils aient toujours envie et intérêt de chercher d'autres ressources. Il ne faut pas, pour secourir des indigens, en créer d'autres, et déranger au préjudice de ceux qui n'ont demandé aucune assistance, l'ordre des travaux accoutumés qui les font vivre.

Quant aux impotens, aux vieillards caduques, qui n'ont plus de famille, et aux enfans abandonnés sur tout, contre lesquels M. *Malthus* a conseillé tant de rigueur, ils ne peuvent s'aider eux-mêmes ; les secours dont ils ont besoin doivent donc être gratuits et d'une honnête suffisance. Il n'y a qu'un petit nombre de hordes sauvages qui tuent leurs vieillards ; et l'enfant a encore plus de droit que le vieillard à être conservé; car l'enfant offre quelque chose à la société en échange du bienfait qu'il en reçoit. Il offre et donne l'espoir de ce qu'il pourra être et de ce qu'il pourra faire.

M. *Malthus* était plus capable que personne de toutes ces observations. Il porte dans la discussion une métaphysique très saine, des remarques ingénieuses, une excellente logique, des calculs pleins de sagacité, et nous devons applaudir sur tout à ses nobles espérances sur les effets de l'instruction que l'on pourrait répandre, tant dans les écoles que par la prédication, jusques sur les plus malheureuses classes de la société.

Il est certain que ce sera rendre un grand service au genre humain que d'*attendrir* sa morale et de cultiver sa raison, que de lui montrer qu'on ne doit embrasser aucun état, et moins encore un état qui influera sur le bonheur ou le malheur d'autrui, sans savoir à quoi il oblige. La population

E

n'en sera pas moins nombreuse : au contraire, elle le sera davantage à masse égale de subsistances, parceque les parts seront moins inégales, qu'il y aura moins de gaspillage, que le sort des familles éprouvera moins de variations, et que dans chacune d'entre elles il y aura plus de ces bons sentimens qui sont toujours aussi utiles qu'agréables.

Le mariage doit être interdit aux hommes impubères ou impuissans ; et l'on pourrait dire, M. *Malthus* prouverait aisément, qu'il y a *une puberté* de la raison et de l'esprit tout aussi sensible, et plus facile à constater que celle du corps. Les imbéciles et les *foux*, ceux qui ne sont pas en état d'entendre la raison et de sentir la justice, sont des *mineurs nés*.

Une bonne éducation publique, encore plus nécessaire aux classes inférieures qu'aux classes opulentes de la société, pourrait diminuer le nombre de ces malheureux, dont l'esprit et le cœur n'ont pas reçu leur complet développement.

Les enfans sont long-tems faibles. Ils ont tous les jours besoin d'invoquer la justice, d'implorer la compassion, et montrent, en les réclamant, qu'ils en ont des idées fort nettes, quelquefois plus nettes que celles qui en restent à la pluspart de leurs parens. Les enfans vivent en général du travail de leur père et de leur mère ; ils sont joyeux et fiers quand on leur permet d'y mettre la main. Le travail, la justice, la compassion, ces trois germes de vertu, ces principaux élémens du bonheur terrestre, trouvent toutes les portes de ces jeunes âmes naturellement ouvertes : DIEU *avait fait l'homme bon*, comme le dit *Saint Paul*. Quand ces premiers sentimens de l'enfance, au lieu d'être cultivés, sont contrariés, s'affaiblissent, s'oblitèrent, finissent par être méconnus, il y a faute de la famille ou de la société, ou de l'une et de l'autre. C'est l'état actuel où nous vivons dans le monde entier. Mais cet état peut et doit devenir meilleur.

Une très petite secte d'écrivains, qui jugent leur prochain par eux-mêmes, et mesurent à la borne de leur esprit les limites de l'esprit humain, s'évertuent aujourd'hui à tourner en ridicule les philosophes qui croient l'homme perfectible.

Cette pauvre secte d'ignorantins et d'obscurans, d'ennemis des lumières, fait injure à la sagesse des loix physiques et morales émanées du CREATEUR, à la bonté native dont il a doué notre espèce, aux louables intentions des autorités qui cherchent à organiser l'éducation : mais elle n'en arrêtera point la marche. Les écoles primaires seront multipliées, et les petits livres classiques qu'elles pourront offrir à la mémoire des enfans, qu'elles emploieront pour leur enseigner l'écriture et les exercer à la lecture, se revêtiront de charmes et d'utilité. Ces livres, qui n'existent point encore, seront très difficiles, non pas impossibles à bien faire. Ils seront un jour l'objet de la sollicitude des gouvernemens. Ils contiendront le fonds de l'instruction le plus essentiellement nécessaire. Leurs auteurs mériteront et recevront les récompenses les plus honorables.

Devient savant qui peut, qui en a le loisir et la capacité. Il faut que tous les membres d'une nation soient hommes, et jusqu'à un certain point éclairés. Il faut que les vrais principes de la raison, de la justice, de la morale, ne leur deviennent pas entièrement étrangers, et que leur disposition à les suivre soit développée selon la portée de leur intelligence. (*Ne soyons point jaloux du tems :* c'est une belle maxime de M. *Necker.*) Toutes ces choses seront des fruits plus ou moins prompts du progrès des lumières, et le rendront ensuite plus rapide.

En attendant, et pour revenir plus directement à ce que désire M. *Malthus,* nous sommes loin de lui contester qu'il serait bon d'ajouter aux questions prescrites par la lithurgie, et que l'on fait aux personnes qui vont se marier, des questions non moins intéressantes sur les moyens qu'aura l'époux d'entretenir sa femme, et de la rendre heureuse, sur ceux qu'ils auront tous deux d'élever leurs enfans. Il serait bon d'y joindre des instructions et des exhortations qui leur fissent comprendre que c'est un délit que d'exposer au malheur des êtres si chers.

Il serait bon de leur donner lecture, non-seulement du

chapitre vi. du titre v. du dernier code Français, concernant le mariage, comme cela est prescrit par cette loi, et comme cela n'est point exécuté pas même en France, mais de leur lire en entier ce titre v. dont les dispositions sont de la plus haute sagesse.

Ces précautions n'empêcheront point la population de s'élever au niveau des subsistances, ce qu'il n'est ni possible ni désirable qu'on empêche. Mais, comme nous venons de l'observer, elles n'en seront pas moins précieuses, puisqu'elles pourront répandre dans les ménages plus de raison et de moralité, les deux choses qui contribuent le plus au bonheur domestique, et qui diminuent le plus l'infortune.

Nous devons parler d'une troisième cause d'amélioration constante, d'adoucissement perpétuel et toujours croissant dans l'état des hommes réunis en société. Elle résulte de ce progrès des sciences et des arts qui aide si puissamment à la formation des capitaux, laquelle est elle-même un fruit de la *concurrence entre les classes laborieuses,* dont M. *Malthus* avait tort de s'affliger. C'est que les dernières classes arrivent chaque jour, et d'une manière lente, mais pourtant visible, à une multitude de petites jouissances, dans leur logement, dans leur vêtement, dans leurs meubles, dans leurs alimens, dans les commodités de la vie, qu'elles ne connaissaient pas précédemment, et que les riches d'autrefois ignoraient. A mesure que ces douceurs, très réelles quoique peu coûteuses, deviennent générales, elles entrent dans le droit commun; on ne pourrait plus, on n'oserait plus en priver personne. Elles sont une richesse à l'usage de la pauvreté. Elles sont une partie même assez considérable du capital des nations civilisées : et dans les circonstances imprévues de calamité ou de disette, une portion de ces petits biens peut être échangée contre des subsistances; elle offre une ressource à opposer au malheur, un oreiller qui en amortit un peu les coups.

Résumons ce travail.

Il ne faut pas regarder comme un fléau *l'amour,* et surtout *l'amour conjugal*, que Dieu a constitué le bienfaiteur et le consolateur du monde, la plus abondante, la principale, peut-être l'unique source de toute moralité.

Il faut voir que la population qui suit d'elle-même l'accroissement naturel des subsistances et des richesses est toujours une félicité, une puissance pour l'état qui en jouit, et même pour l'univers.

Il faut se garder d'imputer à la nature les maux qui résultent de la mauvaise impulsion donnée au travail ; car cette impulsion fâcheuse n'est que le fruit de quelques erreurs. Et la nature, qui a laissé à l'homme la possibilité de tomber dans l'erreur, lui a aussi donné *la faculté d'observer*, pour reconnaitre ses méprises, et *la raison* pour en revenir. C'est à cela que la Providence attache le mérite et la récompense de nos actions.

Il faut bénir toutes les loix naturelles.—Celles qui font que des hommes, non pas entièrement dénués de bonheur, mais ayant des jouissances, pensant, aimant, faisant des enfans, sont néanmoins conduits par leurs propres réflexions à se contenter pour leur travail d'un salaire qui laisse du bénéfice à ceux qui le payent, sont au nombre des plus respectables et des plus salutaires. Ce sont elles qui ont rendu possibles les entreprises d'agriculture, de manufactures et de commerce, et qui les étendent chaque jour. Sans elles la terre n'aurait jamais pu être peuplée que d'un très petit nombre de chasseurs, errans, nuds, sans abri, soumis à toutes les privations, exposés à tous les dangers.

Il faut secourir en toute occasion, nos frères tombés dans l'indigence et dans l'infirmité. Il le faut, parceque, si nous avons éprouvé des malheurs semblables, c'est un retour sur nous mêmes et une *joie humaine;* et que, si nous n'avons jamais eu de souffrances pareilles, le soulagement que nous leurs donnons nous rapproche de Dieu, qui jamais n'a ressenti de *mal,* et qui verse à tout moment du *bien* sur tous les êtres sensibles : c'est un PLAISIR CELESTE.

Il le faut, parcequ'il n'est permis nulle part de faire mourir ceux qui n'ont commis aucun crime, qui n'ont pas été régulièrement jugés, et que la loi n'a pas condamnés. L'enfant à qui l'on refuse le secours est un enfant que l'on tue.

Et quoique M. *Malthus* ait eu le malheur involontaire de s'écarter de ces vérités importantes, il faut encore faire un très grand cas de son livre, parcequ'il renferme une multitude de calculs précieux, de curieuses observations historiques, de raisonnemens judicieux, et qu'il montre que l'auteur a tout l'esprit, tout le jugement, tout le talent, toute la bonté nécessaires pour répandre, sur quelque sujet qu'il veuille traiter, les lumières les plus utiles.

Il ne me reste qu'à donner de justes éloges à M. *Prévost* et aux notes qu'il a jointes à sa traduction, ainsi qu'à la dédicace qu'il en a faite à l'un des administrateurs dont le cœur est le plus sensible aux besoins des pauvres, et la tête la plus habilement active à les soulager.

Mon tribut ainsi payé, je dédie ces observations à M. *Malthus* lui-même, à son traducteur, au citoyen distingué qui a mérité leur hommage ; aux autres gens de bien dont le devoir, la gloire et le bonheur sont de secourir les pères infortunés, et de sauver les enfans en péril ; et surtout aux personnages plus grands et plus augustes dont l'autorité, soit républicaine, soit monarchique (et je ne vois pas d'inconvénient à ce qu'il y ait entre elles, concurrence à qui mieux fera), dont l'autorité ne saurait faire qu'il n'y ait point de pauvres, mais dont l'utile influence sur les loix, sur les mœurs, sur l'impulsion du travail, peut empêcher la pauvreté d'être aggravée, d'être imprévue, d'être subite, d'être intercadente, d'être sans assistance et sans ressources.

DU PONT DE NEMOURS.

TRADUCTION LITTERALE

DES

QUATRE CHAPITRES

QUI NE SE TROUVENT PAS DANS L'EDITION FRANÇAISE DE

L'ESSAI

SUR LE

PRINCIPE DE POPULATION.

AVIS.

CETTE traduction a été faite en France, sur un exemplaire de la même édition que M. *Prévost* a traduite.

Je trouve en Amérique une autre fort belle édition, imprimée par M. *R. Chew Weightman*, à *Georgetown*, près Washington city, sous la direction de M. *J. Milligan*.

Et quoique son titre annonce qu'elle est faite aussi d'après *la troisième édition* de l'Essai de M. *Malthus*, j'y remarque de grandes différences, quelques additions, beaucoup de retranchemens.

Je prends le parti de conserver ce que j'ai tiré de l'édition sur laquelle a travaillé M. *Prévost*, d'y joindre ces additions de l'édition de M. *Milligan*, et d'indiquer les articles que l'auteur ou l'éditeur a cru ne devoir pas admettre dans l'édition Américaine.

ESSAI

SUR LE

PRINCIPE DE POPULATION;

ou

Vues de ses effets présens et passés sur le bonheur du genre humain, avec des recherches sur ce que l'on peut prévoir touchant le futur changement ou adoucissement des maux qu'il occasionne.

LIVRE III.

CHAPITRE VII.

De l'accroissement des richesses comme affectant la condition des pauvres.

———

L'objet déclaré des recherches du docteur SMITH *est la nature et les causes de la richesse des nations.*

Il y en a un autre cependant et peut-être plus intéressant encore qui se mêle à celui-là. C'est la nature et la cause du bonheur et du bien-être des ordres inférieurs de la société, qui en sont chez toutes les nations la partie la plus nombreuse.

Je ne méconnais point la connexion presque intime de ces deux objets, et je pense qu'en général les causes qui contribuent à l'accroissement des richesses de l'Etat, tendent aussi à l'augmentation du bonheur des plus basses classes du peuple. Mais peut-être le docteur *Smith* a-t-il regardé ces choses comme plus fortement liées qu'elles ne le sont : ou du moins il ne s'est pas arrêté à discuter sous ces deux points de vue si les richesses de la société peuvent s'accroître (suivant

F

sa définition) sans avoir aucune tendance à augmenter le bien-
être de sa partie laborieuse.

Je n'ai pas besoin d'entrer dans une discussion philoso-
phique sur ce qui constitue le bonheur propre à l'homme.
J'en considérerai seulement deux ingrédients universellement reconnus, la jouissance des choses nécessaires et commodes, et la possession de la santé.

Les jouissances du pauvre laborieux dépendent nécessairement des fonds destinés *au maintien du travail*, et sont généralement en proportion de l'accroissement de ces fonds. La
demande du travail qui augmente en certaines occasions, élève
par son cours naturel le prix du travail ; alors un nombre
additionnel de mains étant requis, et ces mains ne se présentant
pas de suite, le salaire de celles qui étaient occupées est élevé.
Le fonds aura été distribué au même nombre de personnes qui
travaillaient auparavant, ainsi chaque travailleur doit être
plus à son aise. L'erreur où le docteur *Smith* est tombé, consiste à représenter tout accroissement du revenu, ou des profits de la société, comme un accroissement de ces fonds destinés aux gages du travail.

Tout surplus de profit ou de revenu peut à la vérité être
considéré comme tel pour l'individu qui le possède : il y voit
un fonds additionnel dont il peut salarier plus de travail :
mais ce n'est pas un fonds effectif réel pour maintenir dans
toute une contrée un nombre additionnel de travailleurs, à
moins que le tout, ou sa plus grande partie, ne soit *convertible*
en une quantité proportionnelle de *provisions :* et il n'y est
pas *convertible* si l'accroissement ne provient que des produits du travail, et non des produits de la terre. Une distinction est à faire en ce cas entre le nombre de bras que le capital de la société peut employer, et le nombre de ceux que
le territoire peut nourrir.

Le docteur *Smith* définit la richesse de l'Etat, le produit annuel du *territoire et du travail.* Cette définition embrasse évidemment le produit des manufactures aussi bien que
celui de la terre. A présent supposons une nation qui, dans le

cours de plusieurs années, ait ajouté à son capital seulement ce qu'elle aura épargné sur le produit annuel de ses manufactures, et n'ait pas employé ce capital sur ses terres, il est évident qu'elle pourra être beaucoup plus riche (*suivant la définition du docteur Smith*) sans avoir acquis le pouvoir de salarier un plus grand nombre de travailleurs, et par conséquent, sans avoir accru le véritable fonds propre à maintenir le travail.   Il y aurait néanmoins une demande de travail résultante du pouvoir que chaque manufacturier posséderait, ou croirait posséder, en employant son capital dans le commerce; ou en fabriquant de nouveaux ouvrages.   Le cours de cette demande éleverait le prix du travail : mais si le fonds des productions du pays ne s'était pas accru en même tems, cette augmentation du prix du travail arriverait bientôt à n'être que purement *nominale*, attendu que le prix des productions s'éleverait nécessairement en même tems.

Cette demande d'ouvriers pour les manufactures peut, il est vrai, en enlever plusieurs à l'agriculture, et tendre ainsi à diminuer le produit annuel de la terre : ce serait un autre inconvénient à considérer, mais nous supposons ici que cet effet est compensé par la plus grande perfection des methodes d'agriculture, et, qu'en conséquence, la production totale reste la même.

Les améliorations dans les machines des manufactures peuvent aussi avoir lieu, et ajoutées au plus grand nombre de bras déjà employés dans les manufactures, elles doivent augmenter considérablement le produit annuel de toute la contrée.   La richesse de cette contrée doit donc s'accroître annuellement (*suivant la définition du docteur Smith*) et peut ne pas s'accroître avec lenteur.*

* J'ai supposé ici un cas que j'accorde être très improbable chez une nation cultivatrice, mais quelque chose d'approchant peut y avoir lieu assez souvent. Mon intention est seulement de montrer que le fonds qui sert à maintenir le travail ne s'accroît pas exactement en proportion des produits de la terre et de la main d'œuvre du pays. Mais qu'avec quelque accroîssement de productions, il peut être plus ou moins favorable aux ouvriers sui-

La question est *de combien la richesse accrue par ce moyen tend à rendre meilleur le sort des pauvres ouvriers ?* C'est une proposition d'elle même évidente que toute hausse générale dans le prix du travail, le fonds des subsistances restant le même ne peut être que *nominal;* et qu'alors, elle est promptement suivie d'une hausse proportionelle dans le prix des subsistances. L'accroissement du prix du travail que nous avons supposé, ne pourrait donc avoir, pour les ouvriers, d'effet permanent qu'autant qu'il mettrait à leur disposition une plus grande quantité de choses nécessaires à la vie : et, à cet égard, ils seraient à peu près dans le même état qu'auparavant. Sous d'autres aspects, ils doivent être dans un pire état. Un plus grand nombre d'entr'eux étant employé aux manufactures, il s'ensuit comme nous l'avons déjà remarqué qu'il y en a un moindre nombre occupés à l'agriculture ; et ce changement de profession étant accordé, je pense qu'il est extrêmement désavantageux, tant à la santé qui est un ingrédient essentiel du bonheur, qu'à cause de la plus grande incertitude du travail des manufactures, laquelle nait des gouts capricieux de l'homme, des accidents de la guerre, et d'autres événemens qui peuvent occasioner de très cruelles détresses aux plus basses classes de la société.

Sur l'état des pauvres employés dans les manufactures, relativement à la santé et à d'autres circonstances qui intéressent leur bonheur, je demande la permission de citer un passage de la description que donne le docteur *Aikin* du pays qui environne *Manchester.*

" L'invention et les améliorations des machines qui

---

vant que l'accroissement de richesse provient de l'agriculture ou des manufactures.

Dans la supposition de l'impossibilité de l'accroissement des productions de la terre du pays, il est évident que l'amélioration des machines qui peut beaucoup augmenter annuellement la masse des valeurs échangeables ou la richesse en produits des manufactures, pourra faire que l'ouvrier soit mieux vêtu et mieux logé, mais non pas qu'il soit mieux nourri.

Cette note n'est pas dans la troisième édition de Londres, elle a été ajoutée dans celle de George Town.

" abrégent le travail ont une surprenante influence pour
" étendre notre commerce ; et aussi pour appeler des bras
" de toutes parts, spécialement des enfants pour les moulins
" à coton.   Il est dans le sage plan de la providence qu'en
" cette vie, il ne soit, aucun bien qui n'entraine un inconvé-
" nient à sa suite.   Il y en a plusieurs et trop communs dans
" ces moulins à coton, et autres semblables machines, qui
" combattent le désir de voir accroître ce genre de popula-
" tion, et par conséquent ce perfectionnement dans la facilité
" du travail.   Des enfants de l'âge le plus tendre y sont em-
" ployés, recueillis dans les maisons de secours et de travail
" de Londres et de Westminster, conduits en foule comme
" apprentifs à des maitres qui résident à plusieurs centaines
" de milles.   Là, ils servent inconnus, sans protecteurs, ou-
" bliés de ceux à qui la nature et les loix avaient consigné le
" devoir de leur donner des soins.   Ces enfants sont ordinaire-
" ment trop longtems confinés dans des salles de travail, et sou-
" vent pendant la nuit : l'air qu'ils respirent, corrompu par
" leur haleine et par l'huile enflammée qui les éclaire dans ces
" manufactures, et plusieurs autres circonstances leur sont
" nuisibles.   Le peu d'attention qu'on apporte à leur pro-
" preté, et le fréquent changement de l'air épais et chaud
" des salles à l'air froid et vif de l'atmosphère, sont des causes
" prédisposantes à la maladie, à la débilité, aux fievres épi-
" démiques si souvent établies dans ces fabriques.

    " Il est aussi à examiner si, relativement même à ceux
" qui ne meurent pas, la société ne reçoit point un détriment
" de la manière dont ces enfants sont employés dans leur pre-
" mière jeunesse ; généralement ils n'ont point de force pour
" le travail, et sont incapables de suivre aucune autre branche
" d'occupation quand le terme de leur apprentissage arrive.
" Les filles restent absolument sans instruction sur la couture,
" le tricot, les soins domestiques indispensables à de bonnes
" et frugales mères.   C'est une très grande infortune pour
" elles et pour le public, comme cela est malheureusement
" prouvé par la comparaison des familles d'ouvriers rustiques

" avec celles des manufacturiers ; en général, chez les pre-
" miers, on trouve la beauté, la propreté, le nécessaire avec
" une sorte d'abondance ; chez les seconds, la saleté, les
" haillons, la pauvreté, quoique leurs salaires soient de près
" du double plus forts que ceux des paysants : à quoi il faut
" ajouter le défaut d'une première instruction religieuse, et
" du bon exemple, et que leur nombreux et confus mélange
" dans leurs atteliers est très défavorable à leur future con-
" duite dans la vie.*

En addition aux divers maux dont ce passage fait mention, nous savons tous combien les manufactures sont sujettes à être frappées par les caprices de la mode et les évè-
nemens de la guerre ; les tisserands de *Spital-fields* ont été
plongés dans la plus cruelle détresse par la mode des mous-
selines qui a remplacé celle des étoffes en soie. Une multitude d'ouvriers de *Sheffield* et de *Birmingham* furent, pour un
tems, privés de tout emploi par l'adoption des cordons de
souliers et des boutons recouverts d'étoffe au lieu des boucles
et des boutons de métal. Nos manufactures prises en masse
se sont accrues avec une grande rapidité, mais en plusieurs
endroits elles ont fait faillite, et les paroisses où cela est arrivé sont restées avec la charge d'une foule de pauvres dans
la plus grande pénurie et la plus misérable condition. L'ouvrage du docteur *Aikin* que je viens de citer expose que les
régistres de la collégiale de *Manchester*, de noël 1793 à noel
1794, constatent une diminution de *cent soixante huit* mariages, de *cinq cent trente huit* baptêmes, et de *deux cent
cinquante* enterrements. Dans la paroisse de *Rochdale* qui
en est voisine, une réduction plus triste encore a eu lieu.
En 1792, les naissances avaient été au nombre de *sept cent
quarante six*, les morts de *six cent soixante seize*, et les mariages de *trois cent trente neuf*. En 1794, il n'y eut que *trois*

---

* Quelques tentatives, dit le docteur *Aikin*, ont été faites pour remédier
à ces maux ou pour les diminuer ; et dans quelques fabriques avec succès, et
un acte du parlement passé dernièrement à ce sujet fait espérer un plus heureux résultat. (*Note de l'auteur dans les deux éditions.*)

cent soixante treize naissances, cent quatre vingt dix neuf
mariages, et il y eut *six cent soixante onze* sépultures.   La
cause de ce grand échec de la population fut le commencement de la guerre et la perte du crédit commercial qui arri-
vèrent en même tems.   Une telle diminution ne peut se manifester d'une manière aussi soudaine sans être la conséquence
de la plus désolante infortune.

   D'après de telles circonstances, on peut conclure qu'à
moins que l'accroissement de richesse provenant des manufactures ne donne aux plus basses classes de la société une
part proportionnelle, et ne produise une consommation déci-
dément plus grande des choses nécessaires à la vie, et à ses
commodités, il ne parait pas que leur condition soit améliorée.
On dira peut-être que la hausse du prix des productions doit
immédiatement verser quelque capital additionnel dans le canal de l'agriculture, et occasionner ainsi un plus grand produit.   Mais l'expérience montre que cet effet n'a quelque
fois lieu que très lentement; et en particulier dans le cas dont
il s'agit, où la hausse du prix du travail et de pesantes taxes
sur l'industrie des cultivateurs ont précédé l'accroissement
du prix des productions.

   On peut dire aussi que le capital additionnel de la nation
peut faire importer des provisions suffisantes pour la subsistance de ceux que ce capital emploie.   Un petit pays avec
une grand marine et beaucoup de chemins très bien tenus
pour le charriage dans l'intérieur peut, il est vrai, importer
et distribuer une quantité de provisions qui soit d'une utilité
réelle.   Mais pour des nations qui ont un vaste territoire, il
est à peu près impossible d'effectuer une importation qui suf-
fise à leurs demandes, si elles sont appelées à en avoir besoin.
Il parait qu'on n'a pas assez observé qu'une nation dont le
territoire est fort étendu et la population nombreuse, et qui
peut naturellement entretenir la plus grande partie de son peuple sur les produits de son propre sol, mais qui tire cependant quelque fois du dehors une petite partie des grains qui
lui sont nécessaires, est dans une position plus précaire pour

son constant approvisionnement que les Etats qui le tirent
presque tout entier des autres contrées.   Les demandes de la
Hollande et de Hambourg peuvent être connues avec assez
d'exactitude par ceux qui ont habituellement à y satisfaire.
Si elles s'accroissent, c'est par degrés : elles ne sont pas sujettes à éprouver d'une année à l'autre, de fortes ni subites
variations.   Mais il en est tout autrement pour une contrée
telle que l'Angleterre.   Supposons que pendant un certain
nombre d'années, elle ait besoin d'environ *quatre cent mille*
quarters de froment.   On peut très aisément fournir à une
telle demande, mais une mauvaise récolte arrive, et la demande s'élève tout à coup à *deux millions de quarters ;* si
cette demande de *deux millions de quarters* est faite, peut-
être ne sera-t-il pas impossible d'y suffire par l'agriculture
étendue des autres contrées qui sont dans l'habitude d'exporter leurs grains.   Mais nous ne pouvons nous attendre qu'il
y soit répondu soudainement ; et nous savons avec certitude,
par expérience, qu'une demande extraordinaire de cette nature faite par une nation capable de la payer, ne peut exister
sans élever très considérablement le prix du froment dans
toutes les parties de l'Europe ; Hambourg et la Hollande ont
eu à souffrir fort sensiblement du haut prix de l'Angleterre
pendant la disette, et j'ai été informé par de très bonnes autorités que le prix du pain à New-York n'a été que peu inférieur au plus haut prix de celui de Londres.

Une nation, qui possède un grand territoire, est inévitablement sujette à cette incertitude dans ses moyens de subsistance, quand les besoins de la partie de sa population,
adonnée au commerce ou aux manufactures, sont égaux ou
supérieurs au surplus des récoltes produites par les cultivateurs.   Comme il n'y a point en ce cas de réserve pour l'exportation, le dur effet de tout *déficit* résultant des saisons
défavorables doit nécessairement se faire sentir, quoique les
riches d'une telle contrée puissent jusqu'à un certain point
continuer d'élever le prix *nominal* des salaires de manière à
donner aux basses classes de la société le pouvoir d'acheter

les grains importés à un haut prix, cependant une subite demande ne peut que rarement être satisfaite en entier.   Le
concours dans les marchés élève toujours le prix des provisions en proportion de la faveur apparente accordée au prix
du travail ; mais les basses classes n'en sont que fort peu soula-
gées, et la famine doit opérer sévérement à travers les rangs
de la société.

Suivant l'ordre naturel des choses, les années défavorables aux récoltes peuvent revenir de tems en tems, chez
toutes les nations de la terre.   Toutes doivent donc les avoir
toujours en considération ; et l'on peut justement regarder
comme précaire la prospérité de toute nation chez laquelle
le fonds destiné au maintien du travail est soumis à des variations grandes et rapides, selon chaque défavorable variation
des saisons.   Mettons pour un moment les années de disette
hors de la question.   Quand la population commerciale d'une
nation s'accroît au delà de ce que nourrirait le surplus des
produits nécessaires aux agens de la culture, tellement que
la demande des grains à importer ne puisse pas être aisément remplie, le prix des subsistances s'élève nécessairement
en raison de celui des salaires.   Alors l'accroîsement intérieur de l'espèce de richesses qui payent les salaires ne peut
donner aux ouvriers une plus grande faculté de se procurer
les choses nécessaires à la vie.   Dans ce qui concerne le progrès des richesses, on doit faire attention à l'étendue des besoins auxquels il faudra pourvoir, à la distance des lieux où
naissent les provisions, et, conséquemment, à l'augmentation des fraix d'importation, au renchérissement qui aura lieu
dans les pays où les denrées sont ordinairement achetées, et
ce qui devra inévitablement arriver à la nécessité d'une plus
grande distance de charrois intérieurs dans ces contrées.

Une telle nation, par sa croissante industrie en augmentant l'ingéniosité et la perfection de ses machines, peut augmenter annuellement les produits de ses manufactures, sans
que le fonds propre à maintenir le travail soit augmenté. En
ce cas sa population restera parfaitement stationnaire : ce

G

point est la limite ordinaire de la population des Etats commerçans.* Dans les contrées qui sont à une grande distance de
cette limite, un effet approchant de celui dons nous venons de
parler aura lieu toutes les fois que la marche du commerce
et des manufactures sera plus rapide que celle de l'agriculture.† Durant les dix ou douze dernières années, on ne peut
douter que le produit annuel de la terre et du travail de l'Angleterre se soit très rapidement accru, et que les salaires du
travail n'y soient *nominalement* beaucoup augmentés. Mais
la récompense réelle du cultivateur ne l'est pas dans une
même proportion.——Que tout accroîssement du capital ou du
revenu d'une nation, ou de la valeur des choses qu'elle fa-
brique annuellement, ne puisse pas toujours être considéré
comme un accroîssement du fonds réel destiné au soutien du
travail, et par conséquent, puisse quelquefois n'avoir pas
un bon effet sur la condition des pauvres, c'est ce qui paraît
avec une forte lumière par l'exemple de la Chine.

Le docteur *Smith* observe que la Chine est probablement
depuis longtems aussi riche que la nature de ses loix et de ses
institutions puisse le permettre ; mais il suppose qu'avec
d'autres loix et d'autres institutions, par exemple, si le commerce étranger y était mis en honneur, elle pourrait être
beaucoup plus riche. La question est, si un tel accroîssement de richesse serait un accroîssement dans le fonds réellement propre à soutenir le travail, et si conséquemment il
tendrait à faire vivre les classes inférieures du peuple de la
Chine dans une plus grande abondance.

Si le commerce, et le commerce étranger, étaient dans

* Economie politique de Sir James Stewart, vol. I. livre 1. chap. xvii. p. 116.
Il est probable que la Hollande avant la Révolution était près d'atteindre ce
point, non pas tant à cause cependant de la difficulté d'obtenir plus de grains
étrangers, que par les très pesantes taxes qui avaient été imposées sur les
premiers besoins de la vie. Toutes les grandes nations terriennes de l'Europe
sont certainement aujourd'hui à une considérable distance de ce terme.
(*Cette note est de l'édition Américaine.*)

† Les deux phrases suivantes sont une addition de l'édition Américaine.

un grand honneur à la Chine, il est évident qu'un grand nombre de travailleurs qui ne reçoivent qu'un faible prix de leur travail pourraient par leur application aux ouvrages de manufactures pour la vente à l'étranger, recevoir un immense profit. Il est également évident que, vû le gros volume des provisions, on ne pourrait en importer en retour sur la prodigieuse étendue de son territoire une assez grande quantité pour qu'il en résultât une addition sensible au fonds annuel des subsistances dans la contrée. Cet énorme accroissement de produit des manufactures ne serait donc pas échangé à la Chine pour la production des alimens. Le pays est plustôt trop que trop peu peuplé, en proportion de ce que son capital peut employer de travailleurs, et le travail y est si abondamment offert qu'on n'y prend guères de soin pour l'abréger. La conséquence en est probablement la plus grande production de subsistances que le sol puisse porter.

Sur cela encore il doit être généralement observé que les procédés qui abrégent le travail, quoiqu'ils puissent rendre un fermier capable de porter une certaine quantité de grains à plus bas prix au marché, c'est-à-dire, de les vendre au prix courant avec plus de profit, tendent plustôt à diminuer qu'à augmenter le produit du territoire.

Un immense capital ne pourrait, à la Chine, être employé à préparer des ouvrages de manufactures pour le commerce étranger sans enlever beaucoup d'ouvriers à l'agriculture, et par cette altération de l'état actuel des choses sans diminuer à quelque degré le produit de la contrée. La demande d'ouvriers pour les manufactures doit naturellement élever le prix du travail : mais, comme la quantité des subsistances n'a pas pû s'accroître, le prix des provisions doit marcher du même pas avec ce prix rehaussé du travail ; et même faire plus que marcher du même pas, si la quantité des provisions est réellement diminuée.

Le pays pourrait cependant être, visiblement ou en apparence, avancé en richesses. La valeur échangeable du pro-

duit annuel *de son travail* serait annuellement augmentée.
Mais le fonds réel de la *maintenance* du travail resterait
stationnaire, ou même et plus véritablement irait en dé-
clinant ; et parconséquent cet accroîssement des richesses
de la nation tendrait plustôt à déprimer le sort des pauvres
qu'à l'améliorer.* A l'égard du pouvoir de se procurer les
choses nécessaires à la vie, ils seraient ou dans le même état,
ou dans un pire état qu'auparavant. Un grand nombre d'entr'eux aurait échangé les riches travaux de l'agriculture
contre les pauvres occupations de l'industrie manufacturière.

L'argument peut-être parait plus clair quand il est ainsi
appliqué à la Chine, parcequ'il est généralement reconnu que
sa richesse est depuis longtems stationnaire, et que son sol
est cultivé presque au plus haut point. A l'égard de tout
autre pays, il peut toujours y avoir matière à dispute, pour
savoir dans lequel des deux périodes comparés la richesse
s'accroît le plus vite ; et dans la rapidité de cet accroîsement
de la richesse de quel période particulier le docteur *Smith*
veut dire que dépend la condition du pauvre. Il est pourtant
évident que deux nations peuvent étendre avec la même rapidité la valeur cumulée des produits échangeables de leurs
terres et de leur travail. Mais si l'une des deux s'est principalement appliquée à l'agriculture, et l'autre principalement aux fabriques et au commerce, le fonds pour la *maintenance* du travail, et conséquemment les effets de l'accroîssement de la richesse seront pour ces deux nations extrêmement différens. Chez celle qui se serait principalement attachée à l'agriculture, les pauvres vivraient dans une plus
grande abondance, et la population s'accroîtrait rapidement.

---

* La condition des pauvres à la Chine est, il est vrai, très misérable aujourd'hui ; et cela ne vient pas de leur besoin de commerce étranger, mais
de leur extrême tendance au mariage et à la population. Si cette tendance
continue à être la même, le seul côté par lequel l'introduction d'un grand
nombre de manufactures pourrait y rendre plus riches les basses classes
du peuple, serait l'accroîssement de leur mortalité : ce qui est certainement
un moyen peu desirable de s'enrichir. (*Note de l'auteur et de l'édition de
Londres.*

Chez celle au contraire qui se serait principalement occupée au commerce de fabrication, les pauvres n'auraient fait comparativement qu'un petit bénéfice, et la population serait demeurée stationnaire, ou ne se serait accrue que très lentement.*

* La condition des pauvres ouvriers, en supposant, que leur habits demeurent les mêmes, ne peut guère être essentiellement améliorée qu'en leur donnant la faculté de se pourvoir de quelques plus grands moyens de subsistance. Mais par sa nature aucun avantage de cette espèce ne peut être temporaire, et il en résulte qu'ils ne profitent pas sur cet article autant que sur le changement dans leurs habits qui à cet égard compense peut-être tous leurs autres désavantages.

Les classes laborieuses d'une société cultivatrice sont en général plus pauvres que celles d'une nation manufacturière, quoique moins sujettes aux variations accidentelles qui chez les manufacturiers amenent les plus sévères d'étresses.

Mais sous l'aspect du changement d'habits chez les pauvres, il appartient plus naturellement à ceux des manufactures une part subséquente de leur propre ouvrage. *Cette note est une addition de l'édition Américaine.*

CHAPITRE VIII.

*Des définitions de la richesse. Du Système Agricultural, et du Système Commercial.**

UNE question semble naturellement s'élever ici.

La valeur échangeable des produits annuels *de la terre et du travail* est-elle la véritable définition de la richesse d'un pays?

Ou, comme le pensent les économistes Français, la valeur échangeable *des produits de la terre seulement,* ne peut-elle pas être une définition plus correcte?

Il est certain que tout accroissement de la richesse, suivant cette définition qu'en font les Français, est un accroissement du fonds propre à maintenir le travail, et par conséquent tend toujours à l'amélioration du sort des pauvres ouvriers, et à l'accroissement de la population : tandis que l'accroissement de la richesse, suivant la définition du docteur *Smith,* n'a pas aussi invariablement la même tendance. Et neanmoins il peut ne pas résulter de cette considération que la définition du docteur *Smith* soit fausse.

Les Economistes considèrent tout travail employé aux manufactures comme *improductif.* En s'efforçant de prouver le contraire de ce principe, le docteur *Smith* a été accusé de raisonner obscurément et d'une manière peu concluante. Il me parait cependant n'avoir été qu'*incorrect* en appliquant sa

---

* Les sept premières pages de ce chapitre que nous avons traduit de la troisième édition Anglaise ont été retranchées dans l'édition Américaine.

Nous sommes portés à penser que c'est de l'avis et par ordre de l'auteur.

Mais nous croyons devoir les insérer ici puisque c'est l'ouvrage, tel qu'il était quand M. Prévot l'a traduit, que nous devons et voulons completter en recueillant ces quatre chapitres.

Les variantes des Auteurs illustres sont à conserver. (*Note du traducteur.*)

propre définition à la discussion du raisonnement par lequel les Economistes soutiennent la leur.

Dans le fait, la question portait sur la vérité ou la fausseté des définitions en elles mêmes; et durant le cours de cette discussion l'une d'elles ne peut pas être invoquée comme un témoignage contre l'autre.

Que les manufacturiers accroîsent les richesses d'un Etat, suivant la définition du docteur *Smith*, rien n'est plus clair; et il est également clair qu'elles ne l'accroîssent pas suivant la définition des Economistes.

La question si les manufactures sont *productives* ou *stériles* est considérée par les Economistes comme une question relative au *produit net;* et la solution de la question, sous cet aspect, n'intéresse pas la définition du docteur *Smith* qui embrasse les *produits* de toute nature, soit *nets* soit d'une autre espece.

Et pareillement la preuve d'un *produit net* pour ceux qui entreprennent des manufactures ne peut pas invalider réellement la définition des Economistes, quoiqu'ils aient eux mêmes ouvert une porte à l'objection par la manière dont ils ont défendu leur opinion.

Ils disent que le travail employé sur la terre est productif parceque le produit, après avoir complettement payé les cultivateurs, et le fermier, rapporte au propriétaire un *revenu net*, une *claire rente;* et que le travail employé à faire une pièce de dentelle *n'est pas productif* parcequ'il ne fait que remplacer les provisions que les ouvriers ont consommées et *les avances*, les jouissances de celui qui a fourni le capital, de celui qui a employé ces ouvriers sans ajouter aucune *claire rente.* Mais en supposant que la valeur de la dentelle soit si haute que, outre le payement tant de l'ouvrier que de celui qui l'emploie et de ses capitaux, effectué de la plus complette manière, elle pût donner *une claire rente* à une troisième personne, l'état de la chose n'en serait pas réellement altéré. Quoique, suivant cette manière de raisonner, et d'après la supposition, les ouvriers employés à la manufacture de den-

telle paraissent être des travailleurs *productifs ;* si l'on con-
vient de la définition des Economistes, ils ne doivent pas être
considéré sous ce point de vue. Ils ont consommé une certaine quantité de productions et laissé en retour une pièce de
dentelle : mais quoique l'entrepreneur puisse dans l'hypo-
these vendre la dentelle trois fois la valeur des provisions
que lui et les ouvriers ont consommées en la fabriquant, et
ainsi être pour lui même un ouvrier *très productif,* cependant il n'a rien ajouté par son travail à la richesse de l'Etat.

Supposez deux cent mille hommes actuellement employés
à des travaux de manufactures qui ne tendent qu'à plaire à
la vanité d'un petit nombre de gens riches, et que ces deux
cent mille hommes soient désormais employés sur quelque
désert de terres incultes et y produisent seulement la moitié
de la quantité d'alimens qu'ils auraient consommés, ils pourront à cause de cela être considérés à quelques égards comme
des travailleurs *plus productifs* qu'ils ne l'étaient auparavant.

Dans leur premier état, ils consommaient une certaine
quantité d'alimens, et laissaient à la place quelques soie-
ries ou quelques dentelles. Dans le dernier, ils consomment
la même quantité d'alimens, et laissent en retour la subsistance de cent mille hommes. Il ne peut y avoir le plus petit
doute sur celle des deux professions qui aura réellement donnée le plus de bénéfice au pays, et qui aura le plus ajouté,
suivant la définition des Economistes, à la richesse de l'Etat.

Un capital employé sur la terre peut être *improductif* pour
l'individu qui l'emploie et *productif* pour la société. Un capital employé dans les fabriques et dans le commerce peut au
contraire, être *hautement productif* à l'individu, et néanmoins
être le *moins productif* et être *totalement improductif* pour la
société.

Il est à la vérité impossible de voir les grandes fortunes
que l'on fait dans le commerce et la manière libérale dont
plusieurs négociants vivent, et d'accorder aux Economistes leur principe que les manufacturiers ne peuvent devenir riches qu'en diminuant eux mêmes le fonds qui les

soutient* dans plusieurs branches de commerce les profits sont si grands qu'ils donneraient aisément une *claire rente* à un tierce personne.   Mais il n'y a point de tierce personne en ce cas, et tout le profit aboutit au marchand ou au maitre manufacturier : il semble avoir une belle chance pour devenir riche sans aucune privation.   Aussi voyons nous de larges fortunes acquises dans le commerce par des personnes qui n'ont pas été remarquées par leur économie.

* M. *Malthus* pose très clairement la question, et la décide avec une grande justesse en disant : *y a-t-il quelque chose de plus pour la maintenance du travail ? peut-on entretenir un homme de plus ? y a-t-il une richesse nouvelle ?*

Subsistance nouvelle : c'est *richesse nouvelle.*   Matière première nouvelle : *c'est richesse nouvelle.*

Il y a en elles *production*; et l'on peut dire que ce travail qui les a recueillies a été *productif.*   Marchandise manufacturée, avec des matières premières qui existaient, et la consommation de subsistances qui existaient pareillement; si elle est de bon usage, c'est une utile *conservation* et une louable *accumulation* de richesses, et c'est un très bel art, un art merveilleux, que celui d'incorporer à des objets de jouissance durable, à des bâtimens, à des outils, à des effets mobiliers plus ou moins précieux, la valeur de consommations déjà faites.   Conserver et accumuler ainsi des richesses anciennes ou leur valeur, et les joindre chaque année à celles que les récoltes *produisent*, c'est un des plus admirables emplois que l'on puisse faire de l'intelligence, des richesses et du travail, que les subsistances et les matières premières entretiennent.

Si les choses procurées par le travail ne donnent que de l'amusement qui ne soit nuisible à personne, le plaisir innocent doit être toujours permis : c'est un grand bien dans la vie.   Il peut être l'objet d'un *service*, comme tout autre, profitable à qui le rend, agréable à qui le paye.

Dirait-on qu'une danseuse de l'opéra ait *produit* une richesse ?   qu'un joueur de gobelets ait *produit* une richesse ?   que l'entrepreneur de spectacles qui les aurait réunis, et gagnerait même beaucoup pour ses soins, ses avances, et l'ordre qu'il aurait mis dans leur société aurait aussi *produit* une richesse ?

Ils ont tous gagné légitimement leur salaire.   Les *gains* sont réglés par la capacité et la concurrence, et peuvent être très grands.

Pour la *production*, ils font alliance avec DIEU *et ses œuvres.*

La *claire rente* ne fait rien à ces questions.   L'y mêler est une idée qu'ont eu quelques Economistes du second et du troisième ordre, et que M. Smith a eu tort de leur imputer à tous.   On ne la trouvera mentionnée comme preuve de productibilité dans les écrits ni de M. Quesnay, ni de M. Turgot, ni de l'Abbé Roubaud, ni même de Du Pont de Nemours. (*Note du Traducteur.*)

H

Ces fortunes toutefois par lesquelles des individus ont été grandement enrichis, n'ont pas enrichi proportionnellement le corps de la société, et à quelques égards ils ont une tendance contraire : le commerce intérieur de consommation est de beaucoup le plus important commerce de chaque pays. Mettons pour un moment le commerce étranger hors de la question, l'homme qui par une ingénieuse manufacture parvient à tirer pour lui même une double part de l'ancienne masse des provisions n'est certainement pas aussi utile à l'Etat que l'homme qui par son travail ajoute la moindre partie à cette ancienne masse.

Cet aspect du sujet montre que les manufactures sont essentiellement différentes des produits de la terre ; et que leur qualité productive ou improductive, ne dépend pas entièrement, ni même en aucune façon, de la grandeur des profits, et de ce qu'ils donnent ou ne donnent pas une *claire rente*. Si les Economistes voulaient convenir que de la manière dont ils s'expriment, ou dont on peut quelquefois supposer qu'ils le font, la valeur donnée par les manufactures est de même nature que celle des produits de la terre, ils ne pourraient pas soutenir leur assertion que la terre est la seule source des richesses, ni l'inférer de ce que la valeur des objets manufacturés ne soit exactement que celle des consommations faites par le manufacturier. Un mariage qui produit deux enfants, n'ajoute en lui même aucun principe d'accroissement dans la population et ajoute néanmoins à la population actuelle qui aurait été moindre de deux personnes si ce mariage eut été stérile. Dans le fait quoique le langage des Economistes ait bien mérité l'*illustration* que le docteur Smith lui a donnée, cependant cette illustration elle même est *incorrecte*. Dans le cas du mariage les deux enfants sont réellement une nouvelle production et complettement une nouvelle création. Mais les ouvrages des manufactures, strictement parlant, ne sont ni une nouvelle production, ni une nouvelle création ; ils sont seulement une modification de choses plus anciennes, et quand on les vend, ils sont payés par un revenu déjà ex-

istant.   Conséquemment le gain du vendeur se trouve dans
la dépense de l'acheteur : un revenu est transmis, non créé.

Si en assurant la qualité productive du travail des ouvriers employés à la culture des terres nous n'avions égard
qu'à la *claire rente* monnoyée que reçoivent un certain nombre de propriétaires, sans aucun doute, nous considérerions
l'objet sous un point de vue trop resserré.   La quantité du
surplus produit par les cultivateurs est en partie mesurée par
cette *claire rente.*   Mais sa valeur réelle consiste dans la capacité de soutenir un certain nombre d'hommes, ou de millions d'hommes, tous exempts du travail de produire leurs
propres aliments, et qui puissent ainsi ou vivre sans travailler de leurs bras, ou s'occuper à modifier les matières premières pour les rendre propres aux jouissances de l'homme.

Le revenu net et monnoyé tiré des manufactures de même
étendue et par le même nombre d'individus, ne manquerait-il
pas de quelques unes des mêmes circonstances ? ne mettrait-
il pas le pays où il existerait dans une dépendance absolue du
surplus produit par les autres ? et si ce retour étranger ne
pouvait pas être obtenu, la claire rente que l'on avait supposée, ne deviendrait-elle pas de nulle valeur pour la nation ?

Comme les ouvrages des manufactures ne sont pas des
productions nouvelles, mais des modifications de productions,
le moyen le plus simple et le plus naturel de les estimer, est
par le travail que ces modifications coutent.   Il est douteux
cependant qu'on puisse dire positivement que le prix de ce
travail ajouté à celui de la matière première soit exactement leur valeur réelle.   La dernière valeur de chaque chose
selon le raisonnement général des Economistes consiste à
être *propre à la jouissance.*   Sous ce point de vue quelques
ouvrages manufacturés sont d'une très haute valeur, et en
général on peut dire qu'ils valent pour l'acheteur ce que cet
acheteur consent à en donner.

Dans l'état actuel des choses résultant des monopoles, de
la supériorité des machines et de quelques autres causes, ils
sont pour la pluspart vendus à un prix au dessus de celui

que les Economistes regardent comme leur valeur réelle, et par rapport au revenu monnoyé d'un individu, il n'y a pas de différence entre les manufactures qui donnent un grand profit et la pièce de terre qu'un propriétaire afferme.*

La terre considérée dans la plus grande étendue du sujet est incontestablement la *seule source de toutes les richesses*. Mais quand nous nous bornons à raisonner sur des individus, ou sur quelques nations particulières, l'état de la question est altéré, parceque deux nations ou deux individus peuvent être l'un appauvri, l'autre enrichi par un *transfert* de revenu sans qu'il y en ait aucun qui soit nouvellement produit.

†Il n'y a point encore de définition de la richesse d'un Etat qui ne soit sujette à quelques objections, si nous prenons le *produit brut* de la terre, il est évident que le fonds pour la *maintenance* du travail, de la population et de la richesse, peut s'accroître très rapidement, quoique la nation soit en apparence pauvre, et qu'il y ait peu de revenu disponible. Si nous prenons la définition du docteur *Smith*, la richesse peut s'accroître, ou devenir plus apparente qu'auparavant sans aucune tendance à augmenter le fonds de *maintenance* du travail ni de la population. Si nous prenons le produit net de la terre suivant la pluspart des Economistes, le fonds de la *maintenance* du travail et la population peuvent s'accroître sans aucune augmentation de richesse, comme, dans le cas de cultivation, de nouvelles terres qui

---

* J'ai peine à me résoudre à dire que les Economistes n'ont pas pleinement compris la vraie distinction entre le travail employé sur la terre, et le travail employé dans les manufactures, et ont réellement entendu que le surplus des produits de la cultivation est totalement différent du *revenu net* en argent que l'on tire des manufactures. Il me paraît qu'ils se sont exposés à être mal entendus dans leurs raisonnemens touchant la productibilité de la terre et l'improductibilité des manufactures en se tenant trop à la circonstance d'un produit net pour les individus. Dans un sens plus large, il est certainement vrai que *la terre est la seule source d'une rente nette*. (Note de l'auteur qui est supprimée ainsi que tout le commencement de ce chapitre dans l'édition Américaine et sur laquelle au reste on peut voir celle du traducteur à la page 57.)

† C'est ici que commence le chapitre viii. dans l'édition Américaine.

donnent un profit aux travailleurs mais point de produit net. Et *vice versa*, les richesses peuvent augmenter sans accroître le fonds de la *maintenance* du travail, et de la population, comme par une amélioration dans les instrumens de l'agriculture ou d'un mode d'agriculture qui puisse rendre la terre également productive en y employant moins de personnes : de sorte qu'en conséquence la richesse disponible ou le revenu deviendrait plus grand, sans pouvoir alimenter une plus grande population.*

Les objections néanmoins contre les deux définitions ne prouvent pas qu'elles soient incorrectes : mais seulement que l'accroissement des richesses, quoiqu'il soit le plus généralement accompagné d'un accroissement dans le fonds de *maintenance* du travail, ne l'est pas nécessairement, ni invariablement, et ne peut pas toujours mettre à portée de soutenir une plus grande population, ou de procurer à celle qui existait déjà une plus grande abondance d'alimens, un plus grand bonheur. Quelle que soit des deux définitions celle qu'on adoptera, comme offrant le meilleur caractère de la richesse, de la puissance, et de la prospérité d'un Etat, le grand principe des Economistes que le *produit net* de la culture est le véritable fonds qui en résultât paye tous ceux que la culture n'emploie pas demeurera toujours incontestable. Dans tout l'univers la multitude entière des manufacturiers, des propriétaires, des personnes employées aux diverses fonctions civiles et militaires, est exactement proportionnée à ce produit net, et par la nature des choses ne peut s'accroître au delà. Si la terre avait été si bornée dans son produit, que tous ses habitants eussent été obligés de la travailler, pour obtenir ce produit, aucun manu-

---

* Si le produit net augmente par de meilleurs instrumens ou de meilleures methodes d'agriculture, ou de plus puissants engrais, il s'ensuit que les fraix de culture diminuent.

Si les fraix de culture diminuent, il s'ensuit que l'on peut cultiver à profit des terres plus médiocres, ou y gagner au moins les fraix.

Et si l'on peut cultiver des terres plus médiocres, il s'ensuit qu'il y aura plus de subsistances, et accroissement de richesse et de population. (*Note du traducteur.*)

facturier* ni personne d'oisif n'aurait jamais pû exister.

Mais son premier commerce avec l'homme a été pour ce lui-ci comme un volontaire présent de la nature, non pas large, à la vérité, suffisant seulement à former un fonds pour sa subsistance jusqu'à ce que, par l'exercice de ses facultés personnelles, il ait pû s'en procurer un plus grand. En proportion de ce que le travail et la liberté de l'homme se sont déployés sur la terre, ce produit net a augmenté, et il a donné successivement à un plus grand nombre de personnes le loisir de s'occuper de toutes les inventions qui embellissent la vie civilisée. Quoique, dans leur cours, le désir de profiter de ces inventions ait grandement contribué à stimuler ces cultivateurs pour s'efforcer d'accroître leur produit net, l'ordre de la priorité est toujours au produit net lui-même ; car il faut avant tout au manufacturiers leur subsistance, jusqu'à ce qu'ils aient achevé leur travail. Et si nous imaginions pouvoir commander ce produit net autant que nous le voudrions, en poussant plus loin l'accroissement des manufactures, nous serions promptement avertis de notre grosse erreur par l'insuffisance du soutien que l'ouvrier recevrait, en dépit de toutes les augmentations qu'il serait possible de donner à la valeur nominale de son salaire.

Suivant le système des économistes les manufactures sont une occasion et une manière de dépenser le revenu, sans que leurs ouvrages, ni le prix de leurs ouvrages, fassent jamais partie du revenu lui-même.† Mais, quoique par cette défini-

---

* Il a toujours fallu quelques outils, et dans les climats froids quelques vêtemens. Les femmes ont été les premières fabricatrices de vêtemens. Et quand les hommes ont trouvé plus de profit à ne pas faire eux mêmes les instrumens de leur culture, il s'est formé une classe de manufacturiers, payés par les cultivateurs vivant sur les frais. Il y a pour lors surplus de la subsistance des cultivateurs, mais non pas encore de *produit net.*

Tant que celui-ci n'a pas pris naissance, il ne peut pas y avoir de gouvernement. Les sages vieillards donnent leur avis sur les contestations. Les hommes en état de porter les armes forment la milice. On ne nomme des *chefs* que selon la circonstance et pour chaque expédition particulière. (*Note du traducteur.*)

† Même dans ce système, il y a un point de vue sous lequel les manufactures paraissent grandement ajouter aux richesses d'un Etat. L'usage du

tion des manufactures, et par l'épithète de *stérile* qu'ils leur ont quelquefois donnée, ils semblent les avoir un peu dégradés, c'est une très grande erreur de supposer que leur système soit réellement défavorable aux manufactures. Au contraire, je suis disposé à croire que c'est le seul système par lequel les manufactures et le commerce puissent arriver à une très grande extension, sans attirer sur elles-mêmes et sur lui en même tems le germe de leur propre ruine.

Avant la dernière révolution de la Hollande, le haut prix des choses nécessaires à la vie avait détruit plusieurs de ses

revenu est, suivant les Economistes, d'être dépensé, et une grande partie de son emploi d'être dépensé en ouvrages des manufactures. Mais par le judicieux emploi du capital des manufactures, les commodités de la vie deviennent considérablement moins chères. Alors le produit net acquérant proportionnellement une beaucoup plus grande valeur, comme donnant des jouissances plus nombreuses et plus douces, le revenu de la nation a *virtuellement* augmenté sa puissance. Ce n'est pourtant pas un jour d'après lequel nous puissions regarder les manufactures comme *productives* en elles mêmes. Cependant, s'il ne justifie pas complettement le docteur *Smith* d'avoir appellé le travail des manufactures *productif* dans le strict sens du mot, il garantit du moins de toute objection les peines que cet estimable auteur a prises en développant la nature et les effets du capital commercial, et les avantages de la division du travail dans les manufactures. (*Note de l'auteur.*)

La science des *capitaux* est une des plus importantes branches de celle de l'économie politique. M. *Quesnay* ne l'avait point négligée. Il a traité des *avances foncières*, premier *capital* de la propriété territoriale avec lequel s'est fondu ou confondu au moins une partie de celui des bâtimens ; *les avances primitives* ou capital durable de l'agriculture ; les *avances annuelles* destinées au salaire des ouvriers et autres frais à renouveller et rembourser tous les ans ; les *avances sociales*, capital consacré à l'entretien ou l'amélioration de toutes les propriétés indivises.

M. Turgot a jetté sur cette matière un grand jour dans son admirable ouvrage *sur la formation et la distribution des richesses.*

M. *Smith* y a donné beaucoup d'heureux et curieux développemens ; on sait aujourd'hui que pour tout travail, il faut outre le payement *par avance* des ouvriers, le loyer du capital employé à cette avance, et à la fourniture des matériaux et des instruments ; que le capitaliste a rarement d'autre profit sur l'entreprise et qu'on ne peut pas plus tenter de rendre contribuable les capitaux que le salaire des ouvriers sans injustice en soi et sans dérangement sans découragement des travaux, sans dommage notable pour la société. (*Sur Note du traducteur.*)

manufactures.* Les monopoles sont toujours sujets à être
renversés, et même les avantages du capital et des mécani-
ques qui peuvent donner de très grands profits pour un tems,
sont soumis à un grand affaiblissement par la concurrence
des autres nations. Dans l'histoire du monde les nations dont
la richesse a principalement dérivé des manufactures et du
commerce, n'ont eu qu'une existence éphémère, si on la com-
pare avec celle des nations qui avaient la base de leurs richesses dans l'agriculture. Il est de la nature des choses
qu'un état qui subsiste d'un revenu produit par les autres contrées doit être infiniment plus exposé à tous les accidens, à
toutes les chances que le tems amène, qu'un autre état, qui
produit lui-même le revenu qui le fait vivre.

Il n'y a point d'erreur plus fréquente que la méprise de
prendre les effets pour leurs causes : nous sommes tellement
éblouis par l'état de notre commerce et de nos manufactures,
que nous croyons qu'ils sont presque la seule source de la richesse, du pouvoir et de la prospérité de l'Angleterre. Mais
peut-être doit-on les considérer plus justement comme la conséquence que comme la cause de cette richesse.

Suivant les économistes qui regardent le produit de la
terre comme l'unique source des richesses, l'Angleterre est le
pays le plus riche de l'Europe, en proportion de son territoire;
le système de son agriculture est, hors de toute comparaison,
le meilleur, et conséquemment son produit net le plus consi-
derable. La France est grandement supérieure à l'Angleterre en étendue de territoire et en population, mais, quand le
produit net, ou le revenu disponible des deux nations sont
comparés, la supériorité de la France, du côté des richesses,
s'évanouit presque entièrement. C'est le grand produit net,
fruit de l'agriculture, exercée sur le sol de l'Angleterre, qui la
rend capable de soutenir un si vaste corps de manufactures,
de telles formidables flottes, une telle foule de personnes rem-
plissant des professions libérales, et en proportion de la so-

* Smith, sur la richesse des nations, tome 2. partie v. chapitre 2. page 392.

ciété vivant de leurs rentes, si fort au-delà de ce qui a jamais été connu dans aucune autre contrée du monde.

Selon le rapport dernièrement fait du nombre des personnes employées à l'agriculture en Angleterre, et dans le pays de Galles, il est fort au-dessous du cinquième de la population. Il y a lieu de croire que la classification indiquée dans ce rapport est incorrecte. Mais en accordant beaucoup aux erreurs de cette nature, on peut à peine admettre le doute que le nombre des cultivateurs et de leurs agens y soit extrêmement, extraordinairement petit, en proportion du produit annuel. Dans les dernières années, à la vérité, la partie de la population qui n'a point de rapport avec l'agriculture s'est malheureusement étendue au-delà du produit ; mais cependant les tableaux de l'importation des grains ne sont que dans une faible proportion avec ceux qui croissent sur le territoire, et conséquemment le pouvoir que possède l'Angleterre de supporter une telle multitude de consommateurs oisifs doit principalement être attribuée à la grandeur de son produit brut comme à celle de son produit net.

On dira que c'est son commerce et ses manufactures qui ont encouragé ses cultivateurs à obtenir ce riche surplus de produit, et que s'il ne l'a pas fait naître directement, il l'a donc créé indirectement.

Que le commerce et les manufactures produisent quelquefois, et à un assez grand degré cet effet, cela est vrai ; mais que quelquefois aussi, et plus généralement, ils produisent un effet contraire, surtout quand on s'y porte avec excès, cela est également vrai.

Sans doute l'agriculture ne peut fleurir sans vendre ses produits, pour acheter ses commodités dans l'intérieur ou au dehors. Quand ce besoin a été suffisamment rempli, les intérêts de l'agriculture ne demandent rien de plus ; et lorsqu'une trop grande partie de la nation est engagée dans les manufactures et dans le commerce, il y a preuve claire que par un encouragement mal placé, ou par quelque autre cause, un capital employé de ce coté donne plus de profit que s'il était

I

employé à l'exploitation de la terre. Or en de telles circonstances, il est impossible que l'on ne dérobe pas à la terre
une portion du capital qui serait naturellement entré dans sa
part. Le docteur *Smith* observe avec raison que " l'acte
" de navigation et le monopole du commerce des colonies ont
" poussé dans un canal particulier, et non pas avantageux,
" une plus grande proportion du capital de l'Angleterre que
" celle qui s'y serait portée par la pente naturelle d'un inté-
" rêt libre ; et qu'ainsi, enlevant un capital aux autres em-
" plois, et haussant le cours des profits mercantiles, ils ont
" découragé l'amélioration des terres.*

   Il continue en disant que " si un capital appliqué à l'a-
" mélioration de la terre apporte un plus grand profit que
" celui qu'on pourrait tirer d'un capital égal dans un emploi
" mercantile, la terre retirera le capital de ce genre d'em-
" plois. Si au contraire le profit est moindre, les opérations
" mercantiles retireront le capital des améliorations de l'a-
" griculture. Donc le monopole en élevant le cours des
" profits mercantiles, et décourageant ainsi les améliora-
" tions de l'agriculture a nécessairement retardé l'accroisse-
" ment naturel de la grande et originelle source du revenu
" ou de la rente des terres.†

   Les Indes Orientales et Occidentales sont de si grands objets, et donnent de l'emploi avec de si hauts profits à un si grand
capital, qu'il est impossible qu'on ne l'ait pas retiré des
autres emplois, et particulièrement de la culture du sol, dont
les profits en général sont malheuresement très petits.

   Toutes les corporations, les patentes, et les priviléges
exclusifs, qui abondent tant dans le système mercantile, ont en
proportion de leur étendue les mêmes effets, et l'expérience
des vingt dernières années semble être un garant de notre
conclusion que le haut prix des productions résultant de l'a-
bondance des richesses commerciales accompagné, comme

---

* Richesse des nations tome 2. partie iv. chap. 7. page 435.
† Ibid. page 436.

il a été, d'une grande hausse du prix du travail, n'a procuré à l'agriculture aucun encouragement suffisant pour la faire marcher du même pas que les rapides enjambées du commerce.

On dira peut être que *la terre a cependant été améliorée par la surabondance du capital commercial*. Mais cet effet est tardif, il est faible ; et, par la nature des choses, il ne peut avoir lieu qu'après que ce capital se montre réellement surabondant, ce qui n'arrive jamais tant que l'intérêt de l'argent et le profit des capitaux mercantiles sont hauts. Nous ne pouvons prévoir aucun considérable effet de cette espece jusqu'à ce que l'intérêt de l'argent soit tombé à trois pour cent. Tant que les hommes pourront tirer cinq ou six pour cent de leur argent sans aucun trouble, ils se détermineront difficilement à hasarder sur la terre un capital qui en y comprenant les risques, les profits de leur propre travail, et l'attente, ne peut pas leur donner plus de trois pour cent.

Les guerres et les emprunts, autant qu'ils influent sur les circonstances intérieures, nuisent un peu au progrès de ces branches de commerce dans lesquelles le capital donne de si hauts profits ; mais affectent très considérablement l'accroissement de la plus essentielle et permanente source des richesses, l'amélioration des terres. C'est en ce point que je suis porté à croire que la dette nationale de l'Angleterre lui a fait le plus de tort, en absorbant la surabondance du capital commercial, et en élevant le taux de l'intérèt, elle a empêché ce capital de refluer sur le sol, et une énorme hypothèque* a été etablie sur les terres de l'Angleterre, de laquelle

---

* La principale erreur des Economistes Français parait être sur le sujet des impots. Admettant que le produit net de la terre soit le fond, qui paye tout ce qui excéde l'entretien des cultivateurs, il me parait cependant que c'est une erreur de supposer que les propriétaires de la terre soient les seuls propriétaires de ce produit net. Il me semble que tout homme qui a réalisé un capital en argent en le prêtant avec hypothèque sur une terre, a virtuellement une certaine portion de ce produit net, et que aussi longtems que les conditions de son hypothèque ne seront pas altérées (or les taxes qui l'affetent en sa qualité de consommateur n'y changent rien) le créancier

le payement a été tiré du travail productif et consacré à
nourrir d'oisifs consommateurs.

hypothècaire paye finalement la taxe aussi bien que le propriètaire lui même.
Comme consommateurs il n'y a aucun doute que ceux même qui vivent sur
le revenu de leur argent placé en sus du gain qu'ils font au delà des salaires
qu'ils donnent particulièrement aux gens de metier, payent pendant un tems
considérable les taxes de consommations sur les choses nécessaires et toujours sur plusieurs de celles de luxe. Car lorsque la consommation des
individus qui possedent de grandes richesses provient de profits d'argent
placé ou de gains sur des salaires, la source peut en être diminuée ou versée dans d'autres canaux sans empêcher d'une manière sensible la continuation des placemens ou la production d'une même quantité de travail.

Le surplus du produit de la contrée ou tous les produits qui ne sont pas
consommés par les cultivateurs et leurs agents directs, est une chose très
différente et devrait être soigneusement distinguée du revenu net des propriètaires : cette somme est supposée n'excéder pas beaucoup le cinquième du
produit brut. Les quatre autres cinquièmes ne sont certainement pas consommés par les laboureurs et les chevaux employès à l'agriculture, mais une
très grande partie en est payée par le fermier en dixmes, en taxes, en instrumens de cultivation, et en ouvrages de manufactures usés dans sa propre famille et dans celles de ses ouvriers. C'est de cette manière qu'une sorte
d'hypothèque est exercée sur la terre par les taxes et les progrès de la richesse
commerciale, et en ce sens on peut dire que les taxes retombent en totalité
sur la terre, quoique non pas entiérement sur les propriètaires des terres.

Il semble donc un peu dur en taxant le produit net de faire payer les propriètaires pour la partie qu'ils n'en reçoivent pas. En même tems on peut
confesser qu'indépendamment de cette considération qui rend la *Land-tax*
partiale, elle est la meilleure de toutes les taxes, et la seule qui ne tende
pas à élever le prix de toutes les commodités de la vie. Les taxes sur les
consommations par lesquelles seules les revenus en argent peuvent être at-
teints sans une *income-tax* haussent nécessairement tous les prix à un degré
très sensible au pays.

La taxe des terres ou sur le revenu net, n'a pas, comme plusieurs l'ont
supposé, beaucoup d'effet pour décourager les améliorations de la culture:
ce serait seulement une taxe sur le produit brut qui aurait cet effet ; aucun
homme dans son bon sens ne sera effrayé de recevoir un revenu de *vingt livres*
à la place de celui de *dix livres* parcequ'ils seront l'un et l'autre chargés de
payer le quart ou le cinquième de ce clair bénéfice, mais s'il faut payer une
taxe en raison de son produit brut pour lequel le capital à mettre dehors ex-
céd souvent le produit de l'amélioration, et n'est presque jamais accompagné d'un accroissement dans le produit net, c'est une toute autre chose et

Il peut être reconnu sur le tout que notre commerce n'a
pas beaucoup fait pour notre agriculture, mais que notre

qui doit nécessairement empêcher dans un haut degré les progrès de la cultivation.

Je suis étonné que la claire et facile commutation des dixmes en une taxe
sur les revenus à raison de leur amélioration n'ait pas été adoptée, une telle
taxe aurait été payée par les mêmes personnes, et seulement dans une meilleure forme. Le changement n'aurait pas été senti, ou ne l'aurait été que
par l'avantage qu'en auraient éprouvé toutes les personnes intéressées, le
propriétaire, le fermier et l'homme d'Eglise. Les Dixmes donnent indubitablement une haute prime aux pâtures, et un grand découragement au labourage, ce qui dans les circonstances présentes et particulières du pays est
un grand désavantage.   (*Note de l'auteur.*)

_____

Observations du Traducteur. M. *Malthus* a très bien fait voir dans cette
note qu'un impôt sur le *produit brut* a beaucoup d'injustice et de désavantage.
Il se trouve *inégal sur le revenu* dans toute la variété des proportions que la
diverse fécondité des terres établit entre les frais de leur culture et leur *produit net ;* il condamne à la stérilité celles dont le revenu serait inférieur à la
taxe.

Mais un auteur aussi éclairé que lui aurait du ajouter que *toutes les taxes
sur les consommations* sont des *taxes sur le produit brut.*

Elles frappent en même tems sur les denrées de la même espèce sans aucun égard même à leur valeur différente, ce qui fait déjà une disproportion
dans ce genre d'impôts sur les différents produits bruts ; et, ce qui est encore
plus ignare et plus inique, sans aucun égard à la fertilité plus ou moins
grande du terrain sur lequel elles ont été recueillies. On cultive une denrée tant qu'elle rend ses frais : et il s'ensuit qu'il en est plusieurs qui ne
donnent que très peu de revenu, ou même qui ne donnent point du tout de
revenu, et qui dans le commerce aux yeux du consommateur, du marchand,
et à plus forte raison du percepteur, sont parfaitement semblables à celles
qui nées sur un terrain plus favorable ont produit un gros revenu. Il en est,
comme le vin et le caffé, que les mauvaises terres produisent meilleurs et de
plus haut prix que les bonnes, mais avec un bien moindre revenu : c'est ce-
qui multiplie tant les vins de la dernière qualité. Ils ne valent pas à beaucoup près ceux de la qualité moyenne pour le consommateur. Mais ils donnent bien plus de profit au cultivateur, de revenu au propriétaire.

On voit delà combien ces taxes entrainent de découragement pour la culture des terres médiocres, qui sont en tout pays les plus nombreuses, et ce
fâcheux effet est nécessairement accru par ces sortes de taxes de tout le fardeau qu'imposent les frais dispendieux et litigieux et les formalités vexatoires
qui tiennent à la nature de leur perception. Ce fardeau est quelquefois plus

agriculture a beaucoup et grandement fait pour notre commerce. C'est l'amélioration du système de culture laquelle

pesant que l'impôt lui même. Quand les gouvernemens établissent ces taxes,
ils ne calculent que ce qui en reviendra au fisc ; ou quelquefois, comme
simple objet de curiosité pour le gouvernement, ou de protection pour les
employés qu'on voudra placer; auxquels on ne cache point qu'outre le
traitement déclaré et connu, ils auront selon leur intelligence des profits
clandestins. La plus grande source de ceux-ci est dans les vexations qu'on
prescrit aux employés subalternes qui engagent beaucoup de procès, puis
dans les *accommodemens* auxquels se prêtent les employés supérieurs avec
une grace qui leur procure à la fois l'argent et la bonne amitié du monde
assez sot pour en être reconnaissant; quelques uns de ces accommodemens
ne sont pas ignorés et donnent part à la régie, d'autres se font sans aucun
éclat. Quant aux frais judiciaires ils donnent souvent lieu à un supplément
d'autres taxes; et quant aux vexations, aucun gouvernement ne s'en est encore embarrassé. Les écrivains qui en parlent passent pour des frondeurs,
de mauvais citoyens, des ennemis du gouvernement.

M. *Malthus* ne dit pas que ce soient là de bonnes taxes, tout au contraire ;
mais il dit qu'elles ne sont pas toutes payées par les propriétaires des terres,
ce qui est vrai quand elles sont nouvelles, il dit qu'elles le sont aussi par les
rentiers hypothècaires. Ceux-ci quand ils ont prêté sur le gage d'un bien
fonds en sont bien devenus copropriétaires, ils ont acquis une part du produit
net et sont entrés dans la classe des *salariants*, il faut donc qu'ils en portent
les charges.

Mais ce qui est atroce et que M. *Malthus* a entrevu, c'est que jusqu'à la
fin de leurs baux les fermiers acquittent d'abord la taxe portant sur leur
propre consommation, ce qui entame leur salaire personnel, et de plus rem-
boursent à tous leurs ouvriers directs et indirects et à tous les manufacturiers dont leurs familles, et celles de leurs ouvriers ont consommé les fabrications, toute la portion de la taxe de consommation dont ils ont été
frappés. Il montre que toute cette portion de ces odieuses taxes est en ce
cas à la charge des fermiers.

Que font alors les gouvernemens ? la plus indigne et la plus tyrannique
chose que puisse commettre une autorité.—Ils disent aux fermiers : "*j'ordonne*
" *l'augmentation de tes frais de culture ; et je ne t'en ordonne pas moins de payer*
" *ton fermage sur le meme pied qui avait été convenu quand ces frais étaient*
" *moindres. Mon pouvoir, mes officiers d'administration, et de justice ou d'in-*
" *justice, et au besoin mes bayonettes feront exécuter ces deux ordres iniques, in-*
" *compatibles et contradictoires.*" Ce discours est très sultanique ou très royal;
mais c'est un parlement d'Angleterre qui le tient et le répéte tous les ans
depuis un siècle, et c'est une nation Anglaise, honorée *d'un bill des droits*

a eu lieu en dépit des considérables découragemens qu'on lui a donnés, à qui on doit le surplus de produits qui a rendu

et d'une *grande chârte*, se croyant libre, s'en faisant gloire, qui le souffre, qui l'a constamment souffert, qui n'en a pas même été *scandalisée*.

O péché d'ignorance ! combien tu es honteux chez des citoyens, horrible dans ceux dont le devoir est de veiller à la conservation des droits de tous les autres et à l'augmentation de leur bonheur, qui ont été choisis ou constitués pour cela ! Il n'y a pas un homme qui sur un acte d'élection, un brevet de nomination, ou un titre héréditaire de constitution, ne se croie propre à conseiller un peuple ou un monarque ; et ne se permette de prononcer, à richesse ou à ruine, à tort ou à droit, à vie ou à mort, sur le sort de plusieurs millions de familles, et qui ne le fasse même audacieusement. Cependant on ne trouverait pas un chanteur qui osât monter sur le théâtre d'un opéra sans avoir appris la musique.

Les Assemblées représentatives des Français à commencer par la constituante, ont eu plus de raison et de morale. Elles ont ordonné à plusieurs reprises (il est vrai que c'était relativement à l'impôt direct) que les augmentations survenantes ne concerneraient que les propriétaires : et que les fermiers qui les auraient payées passeraient la quittance aux propriétaires en acquit d'autant sur leur bail et comme argent comptant.

Je dois avouer que depuis ce perfectionnement dans nos loix fiscales, un grand nombre de propriétaires ont rendu illusoire en insérant dans leurs baux que " les impôts existans ou à *survenir* seraient à la charge du fermier." C'est une clause qui devrait être illicite. Elle élude la loi ; elle est injuste en elle même contre le fermier. Elle est déraisonnable et imprudente de la part du propriétaire : car elle montre au fermier un danger qui ne peut être évalué avec aucune précision, et dans la terreur qu'il en doit concevoir, il faut qu'il s'en fasse payer *l'assurance* par une diminution dans le prix du bail qui excéde le péril auquel on le soumet.

Quand aux capitalistes rentiers sur l'Etat, ou créanciers hypothécaires des particuliers, il est très vrai qu'ainsi que les employés du gouvernement ils payent les taxes de consommation. Ce qui équivaut pour les premiers à un commencement de banqueroute, et pour les derniers à une diminution des appointemens.

Mais le capitaliste qui ne prête ses fonds qu'à court terme par escomptes ou sur billets renouvellables, la taxe survenante ne le touche pas. Dans les conventions qui la suivent, il augmente l'intérêt de son argent, et rejette la taxe sur l'emprunteur : ce qui fait dire à celui-ci que *l'argent est rare*, à raison de quoi on le paye *plus cher*. En contrat de prêt l'emprunteur est toujours le suppliant. Il ne peut donc éviter de porter, outre la taxe sur sa propre consommation celle qui pourrait frapper la consommation de son prêteur d'après l'évaluation plutôt forte que faible qu'en fait celui-ci. Ainsi les taxes sur les consomma-

le pays capable de soutenir avec un peu d'aisance le peuple immense employé à des affaires et des travaux qui n'ont
point de rapport à la terre.

mations haussent l'intèret de l'argent, et pour le gouvernement comme pour
les autres emprunteurs.

Celui-ci n'est jamais éfficacement réglé que par la concurrence. Il faut
payer aux capitalistes l'intérêt qu'elle a déterminé, comme il faut à un la-
boureur l'avoine de ses chevaux, à un manufacturier l'entretien de ses machines. Il n'est donc pas possible d'imposer l'intérêt des capitaux circulants
ou le loyer, le salaire de leur coopération à tous les travaux. Le salaire des
capitaux, n'a comme celui des simples ouvriers d'autre objet que de procurer
à ceux qui le reçoivent le moyen d'acheter des productions.

C'est ce qui fait que les taxes de consommation qui opèrent le renchérissement du loyer des capitaux, et de tous les autres gages libres, et la diminution du revenu tant des rentiers que des fonctionnaires publics, retombent
inévitablement sur l'agriculture, ou en augmentation de frais, ou en diminution d'une partie du prix des productions qui devrait revenir aux cultivateurs.
Or retomber sur l'agriculture, c'est évidemment retomber sur les propriétaires des terres : puisque les cultivateurs, comme les autres agens du travail, doivent jouir de leur salaire et de l'intérêt de leurs capitaux également
reglés par la concurrence, et ne peuvent sans dommage pour la société en-
ière rendre aux propriétaires que le surplus.

Si l'on viole passagérement ces loix qui dérivent de la nature des choses
(ce que les gouvernemens ont bien plus souvent fait, font bien plus encore par
ignorance que par mauvaise volonté) si l'on appauvrit les cultivateurs, si l'on
entame leurs capitaux, on ne le peut qu'au détriment de l'agriculture ou de
la *maintenance* générale du *travail :* ce qui est la manière la plus certaine de
ruiner progressivement les propriétaires ; et ruiner les propriétaires, c'est
ruiner le gouvernement : car s'il les protége, ils le soutiennent. De tous les
membres de la société, ce sont eux qui ont le plus manifeste intérêt à le soutenir. Il n'y a qu'eux qui le payent. Il n'y a qu'eux qui puissent le payer
sans dommage pour eux mêmes, ni pour les autres, et sans atteinte à la liberté du commerce et du travail.

Telle est la doctrine des Economistes Français. M. *Malthus* la trouve
sensée : ce qui fait qu'ils ont peine à comprendre qu'il dise que *leurs principales
erreurs lui paraissent sur le sujet des impots.*

CHAPITRE IX.

Différens effets du Système de l'Agriculture et de celui du Commerce.

———

VERS le milieu du dernier siècle nous étions proprement, et dans le sens strict des Economistes, une nation cultivatrice. Notre commerce et nos manufactures étaient cependant alors dans un très respectable et florissant état ; et s'ils eussent continué de se maintenir dans la même proportion avec notre agriculture, ils auraient évidemment marché à un accroîssement considérable avec l'accroîssement graduel de la cultivation du territoire. Il n'y a point de limites assignables à la quantité de manufactures qui eussent pû depuis ce tems être soutenues par ce moyen. L'accroîssement des richesses d'un pays dans une telle position semble être au dessus des coups de tout accident ordinaire. On ne peut découvrir aucun germe de décadence dans ce système ; et en théorie, il n'y a point de raison de dire que la richesse et la prospérité ne puissent pas s'accroître pendant des milliers d'années.

Nous sommes à présent sortis du système de l'agriculture, pour un état dans lequel le système commercial prédomine clairement : et il n'y a que trop de raisons de craindre que notre commerce et nos manufactures aient, en résultat, subi un grand désavantage au change. On a déjà observé que nous sommes exactement dans la situation d'un pays qui, année commune, souffre de l'insuffisance des récoltes qu'il devrait espérer. L'influence d'un accroîssement commercial de richesses sur un approvisionnement de grains qui ne croît pas dans la même proportion doit en tout tems hausser le prix du travail. Mais quand les années d'une grande cherté sont

K

prises en considération, on s'apperçoit que les conséquences de cette marche peuvent être prodigieuses. Durant les dernières disettes, le prix du travail n'a pas cessé de s'accroître : il ne baissera pas aisement.*

En chaque contrée il y a plusieurs causes qui dans la pratique opèrent comme les frottemens en mécanique, et empêchent le prix du travail de s'élever et de tomber suivant l'exacte proportion des divers élémens qui le formaient ; et, outre ces causes, il y en a une autre très puissante en théorie qui s'oppose à ce que le prix du travail se rabaisse lorsqu'une fois il a été élevé. Supposant qu'il l'ait été par une cause temporaire, telle que la rareté des provisions, il est évident qu'il ne retombrera pas, à moins qu'une sorte de stagnation n'ait eu lieu dans le concours de ceux qui demandent du travail.

Mais, au retour de l'abondance, le pouvoir que l'accroissement du prix du travail donne aux ouvriers d'acheter une plus grande quantité, tant de produits bruts que d'ouvrages manufacturés, tend à prévenir cette stagnation et contrarie fortement la chute des prix qui sans cela aurait lieu.

Le travail est une commodité dont le prix n'est pas plus affecté par celui d'un de ces élémens que par les autres. La raison pour laquelle le consommateur paye une taxe sur une commodité, ou une avance sur le prix de quelqu'une des parties qui la composent, et que s'il ne pouvait pas ou ne voulait pas payer cette avance de prix, la commodité dont il s'agit ne serait pas produite en la même quantité ; et que l'année suivante il ne s'en trouverait au marché que ce qu'il en faudrait pour la consommation de ceux qui auraient consenti à payer cette avance. Mais dans le cas du travail l'opération de se priver de cette commodité est plus tardive et plus pénible. Quoique les acheteurs refusent de payer l'avance exigée, le même approvisionnement se trouvera né-

---

* Les quatre alinéas suivans sont une variante, et remplacent dans l'edition de Georgetown un morceau de même étendue de l'edition Anglaise.

cessairement au marché l'année prochaine, et même plusieurs années suivantes. Conséquemment s'il n'y a pas d'accroissement de demande et si le haussement du prix des provisions n'est pas assez grand pour suffire à la taxe, il est immédiatement certain que l'ouvrier ne peut pas soutenir sa famille ; il est probable qu'il voudra que l'on continue de lui payer cette avance jusqu'à ce qu'un ralentissement dans les causes de l'accroissement de la population aient remis le marché en juste mesure avec le travail et qu'alors le concours des acheteurs ait élevé les prix au dessus de l'avance demandée, de sorte que l'approvisionnement nécessaire soit rétabli.—De la même manière si une avance sur le prix du travail a eu lieu pendant deux ou trois années de disette, il est probable qu'au retour de l'abondance la récompense réelle du travail demeurera plus haute que lors de l'ancien tarif, jusqu'à ce qu'un trop rapide accroissement de population cause un tel concours parmi les ouvriers qu'il en résulte une diminution dans le prix du travail au dessous du cours qui était devenu actuel.

Quand une contrée dans le cours de plusieurs années produit plus de grains qu'elle n'en consomme, et a pris l'habitude d'en exporter une partie, les grandes variations auxquelles l'activité de la richesse commerciale a souvent donné de durables effets, ne peuvent arriver avec une telle étendue. Les salaires du travail ne peuvent jamais s'élever trop au dessus du prix commun des autres pays livrés au commerce ; et dans de telles circonstances, l'Angleterre n'aurait rien à craindre de la concurrence la plus pleine et la plus animée. La prospérité croissante des autres contrées donnerait seulement ouverture à un marché plus étendu pour toutes les commodités, et à une plus grande activité dans toutes les transactions.

Le haut prix des grains et des produits bruts en général, lorsqu'il est occasionné par la plus libre concurrence entre les nations, est un très grand avantage et le meilleur encouragement possible pour l'agriculture. Mais quand il résulte seulement de la concurrence des richesses monnoyées dans l'intérieur, son effet est absolument différent.

Dans le premier cas le produit est nécessairement limité par les consommations intérieures. Les cultivateurs craignent avec raison de produire trop de grains. Ils voyent qu'ils auraient à supporter une perte considérable sur la partie qu'ils voudraient vendre au dehors et que la surabondance dans les marchés de l'intérieur ferait tomber les prix au dessous de ce qu'exige la juste et raisonnable récompense des travaux et des avances de la culture. Il est impossible qu'un pays où l'on a de telles inquiétudes ne soit pas sujet à de fréquentes variations dans le prix des grains, et accidentellement à de sevères disettes.

Si nous faisons des efforts pour baisser le prix du travail par l'importation des grains étrangers, il est probable que nous aggraverons le mal au décuple. L'expérience nous est un garant que la diminution du prix du travail serait lente et incertaine, tandis que le déclin de notre agriculture serait très certain.

Le cultivateur Anglais de grains ne pourrait soutenir longtems dans nos propres marchés la concurrence des grains étrangers. Nous dépendrions journellement et toujours de plus en plus des autres pays pour notre subsistance. Les terres labourables de médiocre qualité pourraient à peine restituer les frais de leur cultivation. Les sols excellents pourraient seuls donner un revenu. Autour de nos villes les apparences seraient les mêmes qu'à l'ordinaire. Mais dans l'intérieur du pays beaucoup de terres seraient négligées, et presque universellement le pâturage prendrait la place du labourage.

Cet état de choses continuerait jusqu'à ce que l'équilibre fut rétabli, soit par la chute du revenu et des salaires en Angleterre, soit par le haussement du prix des grains étrangers ou plutôt par l'union des deux causes. Ce triste évènement serait le fruit d'un considérable encouragement prodigué à nos manufactures, et d'un découragement proportionnel versé sur notre agriculture. Une notable portion des capitaux aurait été enlevée à la terre. Quand à la longue l'équilibre aurait été atteint, la nation se serait probablement trouvée dépendante de l'étranger pour une grande partie de ses subsistances ; et à moins que quelques causes particulières n'occasionnassent chez les étrangers des demandes plus fortes que celles de notre intérieur, l'indépendance de notre Isle à cet égard ne pourrait être recouvrée. Durant ce période même notre commerce et nos manufactures seraient dans l'état le plus précaire, et des circonstances que le présent état de l'Europe ne rend pas improbables pourraient réduire notre population dans les limites étroites où notre cultivation l'aurait été.*

Dans le cours naturel des choses une contrée qui, pour une considérable partie de son approvisionnement en subsistances, dépend de ses plus pauvres voisins, peut s'attendre à le voir diminuer graduellement à mesure que l'accroissement des richesses et de la population chez ces voisins leur laissera moins de superflu dans leurs produits bruts qu'ils puissent épargner et vendre.

Les relations politiques d'une telle contrée peuvent l'exposer, durant une guerre, à ce qu'une partie des secours en pro-

---

* Quoiqu'il soit vrai que le haut prix du travail et les taxes sur le capital de l'agriculture tombent en définitif sur le revenu net, je ne puis cependant mettre hors de ma considération les baux courants. Je suis porté à croire que dans vingt années l'état de l'agriculture sera très florissant dans quelques cantons, et aura éprouvé de très grands revers dans quelques autres suivant que les baux courants auront tendu à encourager ou à décourager les améliorations. La chute générale de la rente des terres doit être précédée par un période défavorable encore à l'enrichissement ou à la conservation du capital de l'agriculture, et par conséquent toute taxe qui affecte ce capital est particulièrement pernicieuse. Ces taxes qui affectent le capital du commerce sont presque immédiatement escamotées au consommateur. Mais les taxes qui affectent le capital de l'agriculture tombent tant que durent les baux courants entièrement sur le fermier. (Note de l'auteur, qui ainsi que l'alinéa auquel elle est attachée et que le suivant et que les cinq premiers de ce chapitre sont des additions de l'édition de Georgetown, et font espérer au traducteur que M. Malthus lui pardonnera la remontrance sévère faite au Parlement Britannique sur la page 70.)

visions qu'elle tirait des pays étrangers soit soudainement
arrêtée ou grandement diminuée ; évènement qui ne peut arriver sans produire les plus calamiteux effets.

Une nation chez laquelle la richesse commerciale prédomine a en abondance tous les articles dont l'achat forme la
plus grande dépense des riches ; mais est exposée à demeurer
à l'étroit sur l'article des subsistances qui est absolument nécessaire à tous, et pour lequel s'emploie la plus grande portion du revenu de la classe industrieuse.

Une nation où la richesse de l'agriculture prédomine,
quoiqu'elle puisse ne pas produire dans son intérieur une surabondance de choses de luxe d'agrément comme une nation
commerciale, et avoir quelque besoin de ces commodités, a
d'un autre côté un surplus dans l'article le plus essentiel au
bien-être de tout l'Etat, et par conséquent elle est en sûreté
pour celui de ses besoins qui a la plus grande importance.

Et si nous ne pouvons être aussi certain des approvisionnemens qui naissent ailleurs, que de ceux que nous pro-
duisons dans notre propre pays, il semble que c'est une police avantageuse à la nation, à qui son territoire en donne la
possibilité, de s'assurer un surplus dans l'espèce de commodité ou d'approvisionnement dont le défaut porterait la plus
cruelle atteinte à son bonheur et à sa prospérité.

On a presque universellement reconnu qu'il n'y a aucune
branche de commerce aussi profitable à un pays, même sous
le point de vue commercial, que la vente de ses produits bruts.
En général leur valeur dérive de dépenses qui ont été faites
par leurs producteurs dans une proportion plus forte que celles
qui ont lieu pour les autres commodités de la vie, et le profit
national est en conséquence plus grand, sur tout celui qu'on
peut espérer de la mise en œuvre des matières premières
tirées de l'étranger. Cela est souvent remarqué par le docteur *Smith*. Mais il semble l'oublier un moment quand il
veut combattre les argumens des Economistes, et il parle
alors des avantages supérieurs de l'exportation des ouvrages
manufacturés.

Il observe " qu'un pays commerçant et manufacturier
" exporte ce qui ne peut servir qu'à la subsistance et aux
" jouissances d'un bien petit nombre d'hommes et importe
" la subsistance et les commodités d'un grand nombre; tan-
" dis que le pays agriculteur exporte la subsistance et les *ac-*
" *commodations* d'un grand nombre et n'importe que celles
" d'un très petit nombre seulement" il en conclut que " les
" habitans de l'un peuvent toujours jouir d'une plus grande
" quantité de subsistances que le pays dans son état actuel
" de culture ne peut en produire, et que les habitants de
" l'autre ne peuvent jamais jouir que d'une petite quantité."*

Dans ce passage, il ne parait pas avoir raisonné avec le
soin attentif qui lui est ordinaire. Quoique les nations manu-
facturières puissent exporter des objets de jouissance qui,
dans l'état actuel des choses, ne peuvent convenir qu'à un
petit nombre de personnes, on doit remarquer que dans le
dessein de préparer ces objets de jouissance pour l'exportation, une considérable partie du produit annuel de la contrée
a été employée à la subsistance et aux jouissances diverses
d'un grand nombre d'ouvriers. Et à l'égard des subsistances,
et des autres objets de jouissances que les autres nations ex-
portent, qu'ils soient en grande ou petite quantité, ils n'excédent certainement pas le remplacement des subsistances qui
ont été avancées dans l'intérieur de la nation manufacturière, et les profits des entrepreneurs des manufactures et les
gains des marchands, qui probablement ne sont pas aussi
grands que les gains et les profits des fermiers et des marchands de la nation cultivatrice.—Il peut être vrai que les
habitants du pays manufacturier jouissent en ce cas d'une
plus grande quantité de subsistances que leur territoire ne peut
en porter dans l'état actuel de son agriculture; mais on
ne peut en tirer aucune conséquence en faveur du système
manufacturier : car l'adoption de l'un ou de l'autre système
doit produire une plus grande différence sur l'état de leur

---

* Richesse des nations tome iii. livre 4. chap xix. page 27.

cultivation. Si durant le cours d'un siècle deux nations terriennes suivent chacune un de ces systèmes différens ; si
l'une d'entre-elles exporte régulierement les ouvrages de ses
manufactures et importe ses subsistances ; si l'autre exporte des subsistances et importe des objets manufacturés ;
il n'y aura point de comparaison à la fin de ce période entre l'état de la culture des deux contrées. Nul doute que le
pays qui aura constamment exporté ses productions alimentaires, ou ses matières premières, ne puisse alors donner des
subsistances et des jouissances à une plus grande population
que l'autre.

Dans l'état ordinaire l'exportation des produits non manufacturés est suffisamment profitable aux individus qu'elle
intéresse puis qu'elle a lieu. Mais à l'égard de l'intérêt national, il y a quatre raisons très fortes de la préférer à tout
autre genre d'exportation.

D'abord les produits du territoire et spécialement les
grains payent de leur propres fonds aux nationaux les dépenses qui les ont fait naître, et tout ce qu'on paye est
clairement un profit national. Si j'élève une nouvelle manufacture les personnes qu'elle emploie ne peuvent être entretenues que du fonds des subsistances déjà existantes dans
le pays que d'autres personnes y consommaient et dont la
valeur doit être déduite du prix pour lequel l'objet manufacturé sera vendu, avant que nous puissions estimer dans cette
vente manufacturière le véritable et clair profit national ; et
dans le cours du produit manufacturier, ce profit est borné au
gain du maitre manufacturier et à la commission ou au bénéfice du marchand qui exporte. Mais si je cultive une terre
nouvelle, ou si j'emploie plus d'hommes aux améliorations
d'une terre déjà cultivée, j'accroîs le fonds général des subsistances dans tout le pays. Avec une partie de cet accroissement, j'entretiens tout le nombre additionnel de personnes que j'ai employées, et tout le surplus que j'exporte
est clairement un profit national ; outre l'avantage pour la
contrée d'entretenir une population additionnelle égale au

nombre des personnes ainsi employées sans la plus légère tendance à diminuer l'abondance pour l'ancienne population.

Secondement : En toute commodité fabriquée la même quantité de capital, d'habileté et de travail, produit toujours la même, ou presque la même quantité de choses complétement manufacturées. Mais eu égard aux variations des saisons, la même quantité de capital, de lumières et de travaux appliqués à l'agriculture produit dans les différentes années une très inégale quantité de grains. Conséquemment, si ces deux commodités sont également profitables pour le travail des hommes qu'elles emploient, il résulte de la plus grande probabilité d'un déficit dans la quantité des grains que dans les ouvrages manufacturés qu'il doit être d'une beaucoup plus grande importance d'avoir un surplus habituel de la première espèce que de l'autre.

Troisièmement : Les grains étant un objet d'une telle nécessité, que tous les autres lui seraient sacrifiés, leur déficit doit amener un plus grand haussement de prix que le déficit de tout autre espèce de produits ; et le prix du grain influe sur le prix d'un si grand nombre d'autres commodités que les mauvais effets de sa rareté doivent non seulement être plus sévères et plus généraux, mais aussi plus durables que les effets de la rareté d'aucune autre marchandise.

Quatrièmement : Il paraît que pour rendre l'approvisionnement en grain plus égal et prévenir les mauvais effets de son insuffisance, qui dans le cours naturel des choses doit résulter quelquefois de la défavorable variété des saisons, il n'y a que trois moyens auxquels on puisse avoir occasion de recourir. Le premier est un secours immédiat tiré des nations étrangères aussitôt que sa rareté se fait sentir ; le second, de grands magasins publics ; le troisième, l'habituelle production d'une quantité de grains pour un marché plus étendu que celui qui est offert par la consommation intérieure. Sur le premier l'expérience nous a convaincus que la soudaineté de la demande l'empêche d'être efficace. Sur le second, il est reconnu par tout le monde qu'il y a de très grandes et puissantes objections.

Reste seulement le troisième.

Ces considérations semblent indiquer comme un point de la première conséquence pour le bonheur et la prospérité d'une nation de pouvoir faire du commerce d'exportation de ses grains une considérable branche de ses transactions commerciales.

Mais comment donner cette faculté ? Comment faire passer une nation de l'habitude d'importer ses grains à celle de les exporter ? C'est la difficulté. Elle est très grande.

On avoue généralement, et le docteur *Smith* a souvent remarqué, que la police de l'Europe moderne a conduit à encourager l'industrie des villes plus que l'industrie des campagnes, ou en d'autres termes les manufactures et leur commerce plus que l'agriculture ; et dans cette police l'Angleterre n'est pas demeurée en arrière du reste de l'Europe, excepté peut-être en un seul cas,* et l'on peut même dire qu'elle a été la plus en avant sur cette route.

Si les choses eussent été laissées dans leur cours naturel, il n'y a pas lieu de penser que la partie commerciale de la société, se fut accrue au delà de ce qu'auraient pû soutenir le surplus des produits que ses cultivateurs auraient fait naître. Mais les hauts profits du commerce, des monopoles, et des autres encouragemens particuliers ont altéré ce cours naturel des choses, et le corps politique est dans l'état artificiel, et à quelque point désastreux, où l'un de ses principaux membres est hors de proportion avec les autres.

Presque toutes les médecines sont mauvaises en elles mêmes, et l'un des plus grands maux de la maladie est la nécessité d'en prendre. Personne ne peut être plus ennemi que je le suis de la médecine dans l'économie animale et des expédients en économie politique. Cependant j'ai le mal-

---

* La gratification pour l'exportation des grains qui a eu lieu pendant un temps.

heur de craindre que, dans le présent état de ma patrie,
quelque chose de cette nature ne puisse être nécessaire pour
prévenir de plus grands maux.

C'est une question de très petite importance de savoir si
nous sommes suffisamment approvisionnés de drap d'une
grande largeur, de linon, de mousseline, ou même de thé,
de sucre et de caffé.   Aussi aucun politique national ne son-
gerait à proposer une gratification pour ces sortes de commodités.   Mais certainement c'est une matière de la plus haute
importance de savoir si nous sommes suffisamment approvisionnés d'alimens, et supposé qu'une gratification pût produire la suffisance certaine d'un tel approvisionnement, les
économistes politiques les plus libéraux pourraient être ex-
cusés en proposant de la donner ; surtout si l'on considerait
que les alimens sont une commodité distincte de toutes les
autres et prééminament estimable.

CHAPITRE. X.

*De la gratification pour l'exportation des grains.**

———

EN discutant la police d'une gratification pour l'exportation des grains, je commencerai par dire que les intérêts privés des fermiers et des propriétaires n'entreront pas dans la question. Le seul objet de notre considération doit être l'intérêt permanent des consommateurs qui sous ce caractère embrassent la totalité de la nation.

Suivant les principes généraux de l'économie politique, il ne peut être douteux que pour l'intérêt du monde civilisé, chaque nation doit acheter ses commodités où elle peut les avoir au meilleur marché.

Suivant ces mêmes principes, il est à désirer qu'il existe quelques obstacles à une excessive accumulation de richesses dans une contrée particulière, et que les nations riches soient tentées d'acheter les grains des pauvres nations, parce que cela entrerait dans les moyens non seulement d'accroître avec plus de rapidité la richesse du monde civilisé, mais aussi de la répartir plus également.

Il est évident néanmoins que les intérêts locaux et les relations politiques peuvent modifier l'application de ces principes généraux ; et dans une contrée qui possède un territoire propre à la production du grain, un approvisionnement indépendant, et en même temps plus égal de cette denrée nécessaire à la vie peut être un objet d'une telle importance qu'il autorise une déviation à ces principes d'ailleurs excellens.

* Les changemens, qui ne peuvent avoir été faits que par l'auteur dans ce chapitre depuis la troisième édition Anglaise, sont si considérables que nous avons cru devoir pour sa traduction nous conformer entièrement à l'édition Américaine. (*Note du traducteur.*)

Il est indubitablement vrai que toute chose doit en résultat trouver son niveau, mais que le niveau est quelquefois effectué d'une très rude manière. L'Angleterre a pû pendant cent ans exporter des grains sans le secours d'une gratification. Mais cela est plus probablement arrivé par la destruction de ses manufactures que par l'accroissement de son agriculture, et une police qui, sur un point aussi important, pourrait tendre à l'adoucissement de la dure correction des loix générales semblerait justifiable.

Les réglemens concernant l'exportation et l'importation des grains adoptés par les loix sur cette matière l'ont été en 1688 et 1700. Ils semblent avoir eu l'effet de donner à l'agriculture l'encouragement dont elle avait un si grand besoin ; et leur résultat visible a graduellement produit une récolte de grains nationaux considérablement au dessus des besoins de la population actuelle, une diminution et une stabilité dans le prix qu'on n'avait jamais éprouvées auparavant.

Durant le dix-septième siècle, et même à la vérité dans tout le période de notre histoire qui lui est antérieur, les prix de froment furent sujets à de grandes fluctuations, et le prix moyen était très haut. Dans les cinquante années qui précédérent l'an 1700, ce prix moyen était de *trois livres, onze deniers sterling,* par quarter ; et avant 1650, il était de *six livres, huit shellings, dix deniers.** Depuis le complément des loix sur les grains en 1700 et 1706 les prix devinrent singulièrement stables, et pour les quarante années qui se terminèrent en 1750, ils se maintinrent si bas qu'ils furent seulement *de une livre, seize shellings* par quarter : ce fut le tems de notre plus grande exportation,

En 1757 ces loix furent suspendues et en 1773 abolies. L'exportation a depuis été constamment en décroissant, et l'importation en s'accroissant. Le prix moyen du froment pour les quarante années finissant à 1800 a été par quarter de *deux livres, neuf shellings, cinq deniers ;* et, dans les cinq

---

* Recherches de Dirom sur les loix relatives aux grains. Appendix No. 1.

dernières années de ce période, de *trois livres, six shellings, six deniers.* Durant ce dernier terme, la balance de l'importation de toutes sortes de grains, ou son excês sur l'exportation, a été estimée à 2,938,357 livres sterling,* et nous ne connaissons que trop bien la désastreuse fluctuation des prix que nous avons essuyé dans les années dernières.

Il est en tout tems dangereux de se hâter de tirer des conséquences générales d'expériences qui ne sont que partielles, mais dans le cas présent, les périodes considérés sont d'une si grande étendue, le changement de la fluctuation et du haut prix en prix modérés ou bas et peu variables, puis le retour du haut prix et de la fluctuation correspondent si exactement, d'une part avec l'établissement et la pleine vigueur des loix favorables à l'exportation, de l'autre avec la subséquente et inefficace altération de ces loix, que certainement c'est plus qu'une assertion hardie de la part du docteur *Smith* que de dire que " le bas prix des grains peut être ar-" rivé en dépit de la gratification, et ne peut pas être ar-" rivé en conséquence de cette gratification."†

Mr. *Smith* observe que, dans les années d'abondance et dans celles de disette, la gratification tend également et nécessairement à élever le prix des grains en argent et dans les marchés de l'intérieur au dessus de ce qu'il serait sans elle.

Que cela soit ainsi dans les années d'abondance, c'est une chose incontestablement vraie. Qu'il en soit de même dans les années de disette, cela me parait incontestablement faux. Le seul argument par lequel le docteur *Smith* soutient cette dernière proposition consiste à dire que l'exportation empêche l'abondance d'une année de refluer sur la disette de l'autre ; mais cela est certainement une très insuffisante raison, l'année de disette ne peut pas suivre immédiatement la plus abondante année, et il est tout-à-fait contraire aux habitudes, à

---

* Observations d'Anderson sur les circonstances amenées par la disette. Tables page 40.

† Richesse des nations tome 2. livre iv. chap. v. page 264.

la pratique des fermiers, de conserver le superflu de six ou de sept années pour une contingence de cette nature. De graves inconvéniens suivraient généralement l'entretien d'un si considérable magasin de réserve. La nécessité des soins qu'il en faudrait prendre multiplierait les difficultés. Il serait en tout tems sujet aux ravages des insectes et à d'autres dommages. Quand un magasin est très grand, il est ordinairement vu d'un œil jaloux et devorant par le commun peuple, et en général le fermier ne peut, ni être assez riche pour attendre si longtems ses retours, ni vouloir employer un capital si considérable dans une spéculation par laquelle ses retours seraient nécessairement lents et précaires. Nous ne pouvons donc raisonnablement espérer qu'en suivant un tel plan, la réserve égale ou compense ce qu'une année de disette retiendrait d'elle même dans l'intérieur d'un pays qui aurait l'habitude constante d'une exportation considérable, et nous savons que même une très petite différence dans le degré du déficit cause souvent une grande différence dans le prix.

Le docteur *Smith* alors procéde à établir très justement que les défenseurs des loix qui accordèrent la gratification n'insistent pas tant sur le prix du grain dans l'état actuel que sur la tendance à l'amélioration de cet état par l'ouverture d'un marché plus étendu pour les grains du fermier, et en lui assurant un meilleur prix que celui auquel il pourrait autrement s'attendre. Ils imaginent que ce double encouragement pourrait dans un long période d'années occasionner un tel accroissement dans la production des grains que le prix en baisserait dans les marchés de l'intérieur plus que la gratification ne pourrait l'élever dans l'état du labourage actuellement existant.*

En réponse à cela il observe que l'extension des marchés étrangers occasionnée par la gratification peut dans quelque

---

* Richesse des nations tome 2. livre iv. chap. 5. page 265.

année particulière être égale à la dépense des marchés de l'intérieur, et que chaque boisseau de grain exporté au moyen de la gratification qui ne l'aurait pas été sans elle, serait alors demeuré dans l'intérieur pour accroître la consommation et baisser le prix de l'approvisionnement.

Dans cette observation, il me parait mésuser un peu du terme *marché*. Parce qu'en vendant un objet de besoin au dessous de son prix naturel on peut en délivrer une plus grande quantité, et compenser la perte sur le prix par l'augmentation du débit, cela n'autorise point à dire que par ce procédé le marché soit proportionnellement étendu. Quoique la suppression des deux taxes mentionnées par le docteur *Smith* comme payées à raison de la gratification, doive certainement accroître le pouvoir des basses classes d'acheter des grains, néanmoins dans chaque année particulière la consommation sera en résultat limitée par la population, et l'accroîssement des consommations qui aurait lieu par la suppression de ces taxes ne donnerait pas un moyen suffisant d'acheter tout le surplus des grains produits par les fermiers sans baisser le prix général de ces grains et les priver ainsi de leur légitime récompense.

Si le prix du grain est haussé dans les marchés de l'intérieur en conséquence de la gratification, c'est une preuve incontestable que le marché effectif pour les grains de la Grande-Bretagne aura été étendu, et que la diminution de la demande dans l'intérieur, quelle qu'elle ait pû être, a été plus que contrebalancée par la demande au dehors.

Il ne peut pas y avoir un plus grand découragement pour la production de quelque commodité que ce soit que la crainte de la surabondance au marché,* ni de plus efficace encouragement pour la même production que la certitude de trouver

---

* Je n'ignore pas qu'ordinairement le fermier est disposé à suivre une routine régulière de culture, sans beaucoup d'attention aux prix. Mais nous ne pouvons douter un moment que cette routine ne s'étendra pas cependant aux cas extrêmes. Aucun homme dans son bon sens ne voudra longtems persévérer dans un genre de cultivation par lequel il perde. (*Note de l'auteur*.

pour elle un marché effectif, quelque grande quantité qu'on en puisse obtenir.

Il serait observé de plus que le principal objet de la gratification est de procurer au dessus de la consommation intérieure un supplément qui puisse couvrir le déficit que causeraient des années défavorables. Mais il est évident qu'il n'y a pas dans les marchés de l'intérieur d'extension possible pour remplir cet objet, et qu'aucun autre moyen qu'une gratification pour l'exportation du grain ne saurait étendre le marché effectif pour les fermiers Anglais.

Le docteur *Smith* va jusqu'à dire que les deux taxes que paye le peuple pour subvenir à la gratification savoir, l'une par le gouvernement qui donne cette gratification, et l'autre par le plus haut prix auquel il achete le grain dans l'état actuel de la récolte, ne peuvent que hausser le prix du travail, et ainsi retomber sur le fermier ; qu'elles peuvent diminuer pour les pauvres ouvriers la faculté d'élever leurs enfants, et ainsi restraindre la population et l'industrie du pays ; qu'elles tendent à restraindre l'extension graduelle du marché de l'intérieur, et par conséquent dans un long cours de tems à diminuer plutôt qu'à augmenter la totalité du marché et la consommation du grain*

Je pense qu'il est reconnu, et en vérité cela peut à peine admettre un doute, que le système de l'exportation résultant de la gratification qui lui est donnée, a une tendance évidente à augmenter l'approvisionnement de grain dans les années peu fécondes, ou à prévenir qu'il soit autant diminué qu'il le serait sans cela, ce qui revient au même. Conséquemment le pauvre ouvrier pourra vivre mieux et la population souffrira moins d'échec dans ces années désastreuses qu'elle n'en éprouverait sans le système de l'exportation que la gratification favorise. Mais si l'effet de la gratification, sous cet aspect, est seulement de réprimer un peu la population dans les années d'abondance, et de l'encourager comparativement ou de la soutenir dans les

* Richesse des nations tome ii. livre 4. chap. v. page 267.

M

années de disette, cet effet est évidemment de régler la population avec plus d'égalité suivant la quantité des subsistances qui peut être fournie d'une manière permanente et sans déduction accidentelle. Et cet effet, je n'hésite point à le dire, est un des plus grands avantages qu'il soit possible d'atteindre dans une société, et qui contribue le plus au bonheur des pauvres ouvriers. Il ne peut être compris par ceux qui n'ont pas profondément considéré ce sujet.

Dans tout le cercle des évenemens humains, je doute qu'il y ait une plus féconde source de misère et qui soit plus invariablement productrice de conséquences désastreuses, que la secousse soudaine que la population éprouve de deux ou trois années d'abondance qui seront nécessairement suivies d'un retour à la disette, ou même à un prix moyen.

Il a été suggéré que, s'il y avait une habitude d'exportation du grain en conséquence d'une gratification, le prix retomberait plus bas dans les années d'une extrême abondance qu'il ne ferait sans une telle gratification et une telle exportation, parce que l'exubérance provenant de la partie de la récolte ordinairement exportée retomberait sur les marchés de l'intérieur. Mais il me semble qu'il n'y a point de raison à supposer qu'un tel cas puisse arriver. La quantité exportée ne peut en aucune manière être déterminée, elle dépend de la récolte et des demandes de l'intérieur. Un grand avantage du marché étranger pour l'achat et pour la vente est l'impossibilité que les années de disette et celles d'abondance arrivent en beaucoup de différentes contrées en même tems. Dans l'année d'abondance, la somme accordée pour la gratification portera toujours à une plus grande proportion la valeur de la production, un plus grand encouragement sera donné à l'exportation, et une baisse de prix mettra probablement le fermier à portée de disposer de tout le surplus de sa récolte dans les marchés étrangers.

L'argument le plus plausible que le docteur *Smith* ajoute contre les loix qui avaient établi la gratification, est que le prix du grain en argent réglant celui de tous les autres objets de jouissances fabriqués dans l'intérieur, l'avantage du propriétaire dans l'accroissement de ce prix en argent n'est qu'apparent et non réel, puisque ce qu'il gagne sur les ventes, il le perd sur les achats.*

Cette proposition cependant n'est pas vraie sans aucune exception.† Le prix en argent du grain dans une contrée particulière est indubitablement le plus puissant ingrédient de la formation du prix du travail et de celui de tous les objets de jouissances autres que le grain. Mais il ne suffit pas pour la proposition du docteur *Smith* qu'il en soit le plus puissant ingrédient. Il n'en est pas le seul ingrédient. Le docteur *Smith* aurait donc dû montrer que, toutes les autres causes demeurant les mêmes, le prix de chaque article hausserait et baisserait exactement selon celui des grains, et c'est ce qu'il n'a point fait. Il excepte lui même toutes les marchandises étrangères, et quand nous réfléchissons sur la somme de nos importations et la quantité d'articles étrangers particulièrement en matières premières qui sont employés dans nos manufactures, cette seule exception est d'une grande importance, la laine et les cuirs verds‡ ces deux plus considérables matériaux du travail intérieur de nos fabriques en nous rapportant au propre raisonnement du docteur *Smith* (livre i. chap. xi. page 363 et suivantes) ne dépendent pas du prix des grains, ni de la rente de la terre ; et le prix du lin est grandement influencé par la quantité que nous en importons. Mais les draps de laine, les toiles de fil et de coton

---

* Richesse des nations tome ii. livre 4. chap. v. page 269.

† Dans la *Physiocratie* par Du Pont de Nemours, il est proposé comme un problème d'économie politique de déterminer, si la hausse du prix des grains en argent est un avantage réel ou seulement national, et la question est résolue, je pense justement, en faveur de la réalité de l'avantage. Tome ii. (*Note de l'auteur.*)

La *Physiocratie* n'est point un ouvrage de Du Pont de Nemours, il n'en est que l'éditeur et n'y a mis que quelques préfaces et quelques notes. C'est un recueil de divers mémoires de M. Quesnay. (*Note du traducteur.*)

‡ On appelle cuirs verds en Français ceux que les Anglais nomment *Raw-Hides* ou *cuirs crus*.

le thé, le sucre &c. qui sont compris dans tous ces articles
exceptés, forment presque la totalité des vêtemens et des jouissances de la classe industrieuse de notre société. Conséquemment quoique la partie des salaires que l'on dépense en
alimens doive être élevée en raison du prix des grains, la
totalité des salaires ne le sera pas dans la même proportion.

Quand de grands perfectionnemens ont eu lieu dans les
machines des manufactures, une partie du prix de leurs ouvrages fabriqués paye les intérêts du capital qu'on a employé dans ces perfectionnemens, et ce capital ayant été accumulé et fourni avant le haussement du prix du travail,
cette partie ne participe au renchérissement qu'à fur et mesure de son renouvellement graduel ; et dans le cas de grandes
et nombreuses taxes sur la consommation, comme ceux qui
vivent sur les gages du travail doivent toujours recevoir de
quoi les payer, ou au moins toutes celles qui leur sont le plus
nécessaires, telles que le savon, la chandelle, le cuir, le sel,
&c. il est évident que l'élévation ou la baisse du prix des
grains, quoique devant faire croître ou décroître la partie
des gages relative à la nourriture, ne doit pas influer sur
celle qui est destinée au payement des taxes.

On ne doit pas admettre comme une proposition générale
que le prix des grains en argent dans une contrée soit une
mesure exacte de la valeur réelle de l'argent dans cette contrée. Mais toutes ces considérations qui sont d'un grand
poids pour les propriétaires de la terre n'influencent la récolte que pendant le cours des baux. Quand ils sont expirés
chaque avantage particulier que le fermier a retiré de la proportion du prix des grains avec celui du travail, lui est demandé et entre dans le nouveau bail ; et chaque désavantage
d'une défavorable proportion, demeurant à sa charge pour le
passé, est prise en considération pour l'avenir.

La seule chose qui déterminerait la quantité du capital
effectif employé à l'agriculture serait l'extension de la demande réelle du grain ; et si la gratification accordée à l'exportation a véritablement accru cette demande, ce qu'elle

aura certainement fait, il est impossible de supposer qu'un plus grand capital ne soit pas employé sur la terre.

Durant la première moitié du dix-huitième siècle le prix du grain a graduellement baissé, et à un degré très considérable, sans que le prix du travail ait baissé en conséquence. Si cet effet n'a pas eu lieu dans le cours de cinquante années, nous ne pouvons guère attendre de le voir arriver en sept ou huit ; et si, dans la vue de faire baisser le prix du travail, les fermier étaient poussés à porter leur superflus au marché de l'intérieur, le désappointement de cette vue serait si clair qu'il les rendrait incapables de cultiver la même quantité de grains à l'avenir.

Il est donc sensible qu'il n'y a qu'une gratification qui puisse les encourager à continuer de cultiver la même quantité de grain ; et que cette gratification est alors un grand et positif avantage, et non pas un avantage simplement apparent, comme le docteur *Smith* s'efforce de le prouver.

Même en supposant qu'en comblant les marchés de l'intérieur, soit de grains Britanniques, soit de grains étrangers libres de droits, on pût réussir à baisser les salaires du travail, les dépenses du fermier pour produire du grain et le conduire au marché ne pourraient pas être baissées en proportion. Un des principaux élémens du prix des grains est la haute rente de la terre ; un autre est les nombreuses taxes de consommation que le fermier paye sur les instrumens de son agriculture, ses chevaux, ses fenêtres, et les dépenses nécessaires à son établissement ; tant que ces élemens du prix demeurent les mêmes, une baisse des gages du travail ne peut affecter proportionnellement le prix auquel le grain Britannique peut être porté au marché,* et le fermier Anglais travaillera avec un grand désavantage dans la concurrence

---

* L'immense taxe payée dans cette contrée pour le soutien des pauvres est sans aucun doute un autre puissant élément du prix des grains Anglais : mais je n'ai pas voulu la mentionner dans le texte parce qu'elle diminuerait toujours avec le prix du grain. Ce que les deux autres ne feraient pas. (*Note de l'auteur.*)

avec les fermiers d'Amérique et ceux des côtes de la Baltique, où ces deux élémens du prix ne sont comparativement qu'une bagatelle.

Quand le docteur *Smith* dit que " la nature a imprimé au " grain une valeur réelle qui ne peut être altérée que par l'élé- " vation du prix de la monnaie ; que ni une gratification pour " l'exportation, ni le monopole dans le marché de l'intérieur ne " peuvent élever cette valeur ; et que la plus libre concur- " rence ne peut la faire baisser,"* il est évident qu'il change la question des profits du producteur de grains dans une contrée particulière, en celle de la physique et absolue valeur du grain en lui même.

Je n'aurais aucunement raison de dire que la gratification change là valeur physique du grain de manière qu'un bois- seau puisse nourrir plus d'ouvriers un jour que l'autre ; mais j'ai certainement raison de dire que dans l'état actuel des choses la gratification assurerait au cultivateur Anglais un accroissement réel de la demande des grains Anglais, et ainsi l'encouragerait à semer plus qu'il ne faisait aupara- vant et le rendrait capable d'employer plus de boisseaux de grains à la nourriture d'un plus grand nombre de travail- leurs.

Si la théorie du docteur *Smith* était strictement vraie, et si le prix réel du grain ou son prix en sommes de toutes au- tres commodités ne pouvait jamais souffrir de variation, il se- rait difficile d'expliquer pourquoi nous recueillons plus de grain aujourd'hui qu'il y a deux cents ans. Si l'accroisse- ment nominal du prix des grains n'est pas un accroissement réel qui puisse donner au fermier le moyen de cultiver mieux, ou déterminer plus de capital à se porter vers la terre, notre agriculture paraitrait dans une très infortunée situation, et il n'y aurait aucun motif suffisant pour attirer un ultérieur investissement de capital vers cette branche d'industrie. Mais nous ne pouvons douter que le prix réel varie, quoi-

* Richesse des nations tome ii. livre 4. chap v. page 276.

qu'il puisse ne pas varier autant que celui des autres commodités; et qu'il y ait des périodes où toutes les marchandises ouvrées sont à meilleur marché, et des périodes où elles sont plus chères en proportion du prix des grains; et que, dans un de ces cas, les capitaux fluent des manufactures vers l'agriculture, dans l'autre de l'agriculture aux manufactures. En observant ces périodes, les considérer comme d'une légère importance est impardonnable; car en chaque branche de commerce à laquelle ils deviennent favorable, ils donnent un grand encouragement, un grand accroissement de moyens. Il n'est pas douteux que les profits du commerce dans aucune branche d'industrie ne peuvent être longtems à la même hauteur que dans les autres. Mais comment seraient-ils haussés ou diminués, si ce n'est par le cours des capitaux occasionné par de hauts profits. Ce n'est jamais un objet permanent de profit national que l'accroissement particulier de quelques classes d'acheteurs ou de vendeurs.

L'objet national est l'accroissement des approvisionnemens, parce qu'il ne peut être atteint que par l'accroissement préliminaire du profit des acheteurs qui a déterminé une plus grande quantité de capitaux à cet emploi particulier. Les propriétaires de navires et les matelots ne font pas plus de profits aujourd'hui qu'ils n'en faisaient avant l'Acte de navigation. L'objet de la nation n'était pas d'augmenter les profits des armateurs et des matelots, mais d'avoir plus de frets et d'hommes de mer; et cela ne pouvait être fait que par une loi qui, en augmentant la demande de leur travail, élevât le profit des capitaux qu'on y employerait et les déterminât à couler dans cette route. L'objet de la nation dans les loix favorables à l'exportation des grains n'était pas, ne serait pas, d'accroitre les profits des fermiers ou la rente des propriétaires de fermes, mais d'engager à verser sur la terre une plus grande quantite du capital national et d'augmenter ainsi l'approvisionnement; et quoique dans le cas d'une hausse du prix des grains par une plus forte demande, le haussement des salaires, celui des rentes, et la baisse de l'argent, tendent à obscurcir jusqu'à un certain point nos vues sur cette matière, on ne peut cependant se refuser à reconnaitre que le prix des grains peut, dans des périodes suffisamment longs, affecter la détermination de l'emploi des capitaux, à moins qu'on ne préfère l'autre branche du dilemme qu'il ne peut y avoir aucun motif d'une ultérieure application de capital à la productiou du grain.

La manière dont la gratification pour l'exportation des grains opérerait parait être celle-ci. On suppose que le prix auquel le cultivateur Anglais peut livrer son grain soit le prix courant de *cinquante cinq shellings* et que celui des cultivateurs étrangers, soit *cinquante trois shellings.* Ainsi commandé par les circonstances le cultivateur Anglais ne peut exporter de grain dans les années de la plus considérable abondance au prix que lui coute sa récolte. Dans cet état de choses, une gratification de *cinq shellings* par quarter est accordée à l'exportation du grain. Immédiatement après, l'exportation peut commencer, et aller en avant jusqu'à ce que le prix des marchés de l'intérieur se soit elevé au niveau de celui auquel le grain Anglais pourra être vendu au dehors à la faveur de la gratification. La soustraction d'une partie de l'approvisionnement intérieur, ou même son appréhension, éleveraient promptement le prix dans les marchés de l'intérieur ; il est probable que la quantité exportée avant que le haussement ait eu lieu ne serait pas telle en proportion de celle qui est à vendre dans tous les ports de l'Europe qu'elle en eut fait baisser le prix général de plus *d'un shelling* par quarter. Conséquemment le cultivateur Anglais pourrait vendre son grain au dehors à *cinquante deux shellings* qui avec l'addition de la gratification lui en produiraient *cinquante sept :* ce qui établirait exactement le même prix dans les marchés de l'intérieur (mettant hors de notre présente considération les dépenses du Fret.)

Le cultivateur Anglais pourrait donc, au lieu de *cinquante cinq shellings* qui lui étaient nécessaires pour couvrir ses fraix, obtenir le débit de toute sa récolte à *cinquante sept shellings.*

Le docteur *Smith* a supposé que la gratification de *cinq shellings* eleverait de *quatre* celui du grain aux marchés de l'intérieur. Mais il est évident que cette supposition tient à ce qu'il croit que le prix ne serait pas plus bas au dehors que dans l'intérieur, et dans ce cas, il parait que sa supposition serait correcte. Dans le cas que nous avons supposé néanmoins, l'augmentation de profit du fermier ne serait que de *deux shellings.* Aussi longtems qu'il jouirait de cet avantage il eleverait les gains de son fermage, et serait encouragé à produire plus de grain. A la prochaine année l'approvisionnement serait donc augmenté en proportion du nombre d'acheteurs de l'année qui viendrait de finir, et rendrait le prix de cette quantité additionnelle plus bas, ce qui ferait baisser le cours tant des marchés étrangers que de celui de l'intérieur. Aussi longtems que l'exportation continuerait, le prix de l'intérieur serait réglé par celui des marchés étrangers plus la valeur de la gratification. La baisse pourrait n'être pas grande : mais l'effet serait toujours dans cette direction ; et après la première année, le prix des grains continuerait de baisser jusqu'à ce qu'il fut près de son ancien niveau. En peu de tems néanmoins le bon marché des grains au dehors pourrait tendre à augmenter le nombre des acheteurs, et la demande du grain à en relever le prix jusqu'au niveau de l'ancien et peut-être plus haut. Mais chaque extension de cette nature tendrait à baisser le prix au dehors au plus près qu'il serait possible de notre prix de l'intérieur, et conséquemment ferait trouver aux cultivateurs Anglais un plus grand avantage dans la gratification. Si la demande au dehors ne s'étendait qu'en raison du faible prix, l'effet en serait qu'une partie de l'agriculture des nations étrangères souffrirait un échec et ferait place à l'accroissement de l'agriculture Anglaise, et quelques uns des cultivateurs étrangers,

N

ceux qui étaient réduits aux plus faibles profits seraient mis hors du marché.*

A quel tems le haussement du prix des grains dans l'intérieur pourra-t-il commencer à influer sur le prix du travail et des autres commodités ? cela est très difficile à dire ; mais il est probable que l'intervalle pourra être considérable, attendu que la première et plus forte hausse dans la supposition que j'ai prise pour base, n'excédera pas trois *pences* (six sols de France) par boisseau, et qu'elle diminuera pendant quelque tems d'année en année. Mais lors que son plein effet aura été accompli, l'influence de la gratification ne pourra être perdue par aucun moyen. Pour quelques années elle donnera au cultivateur Anglais un avantage absolu sur les cultivateurs étrangers. Cet avantage diminuera graduellement parcequ'il est dans la nature que toute demande effective soit à la fin remplie et oblige les producteurs de vendre au plus bas prix qu'ils puissent supporter. Après avoir fait l'expérience d'un période d'encouragement très décidé, les cultivateurs Anglais se trouveront à la fin au niveau des cultivateurs étrangers, ce qu'ils n'étaient pas avant la gratification ; et ils auront contracté l'habitude de fournir au plus vaste marché par leurs propres moyens à conditions égales avec leurs concurrens. Après cela, si les marchés étrangers et Anglais continuent de s'étendre également, les Anglais continueront de pourvoir dans la même proportion à l'approvisionnement des uns et des autres ; parce que, à moins qu'un particulier accroissement de

---

* Très peu d'hommes ont des principes plus nobles et plus libéraux que M. *Malthus*. Personne ne sait mieux que lui comment tous les profits et toutes les pertes se partagent. Cependant soit pour plaire à sa nation, soit par un reste d'habitude et de faiblesse pour les préjugés de son enfance, il semble montrer ici quelque joie à l'idée d'affaiblir les autres peuples. On croirait voir un peu de léopard dans sa politique.

Mais je n'en suis pas très allarmé : sa raison me répond de son cœur, comme son cœur m'avait plus haut répondu de sa raison ; et puis le tems s'approche ou tous les gouvernemens deviendront sages, toutes les nations bonnes, *par calcul*. (*Note du traducteur.*)

demandes ait lieu dans l'intérieur, ils ne pourront jamais tirer des secours de l'étranger sans baisser le prix de toute leur récolte : et la nation serait ainsi en possession d'un magasin perpétuel pour plusieurs années de stérilité.

Dans le présent état des choses, à la vérité la supposition ici faite ne saurait avoir son application : d'ici à plusieurs années nous ne recueillerons pas assez pour notre propre consommation. Notre premier objet doit donc être de pourvoir nos besoins avant d'obtenir un excédent ; et les loix restrictives de l'importation sont fortement calculées pour produire cet effet. Il est difficile de concevoir un encouragement plus décidé pour investir notre agriculture du capital qui lui est nécessaire que la certitude que pendant plusieurs années le prix ne tombera jamais au dessous des fraix de culture. Si une telle certitude n'a pas de tendance à donner de l'encouragement à l'agriculture Anglaise relativement à une hausse dans le prix du travail, on pourrait prononcer avec sureté qu'il n'est pas possible d'accroître la richesse et la population, et de jamais encourager la production du grain* chez une nation qui n'aurait jamais importé de grain que dans des momens de disette ; le commerce n'aurait point donné de secousse ou d'effroi à l'agriculture, et les loix restrictives de l'importation, aussi longtems qu'elles auraient duré, auraient donné un découragement aux manufactures un encouragement à l'agriculture dans leurs relations respectives. Si, sans diminution des manufactures, nous eussions seulement déterminé une plus grande part de nos bé-

---

* Si l'opération des loix sur les grains telles qu'elles ont été établies en 1700 eut continué sans interruption, je ne puis croire que nous fussions à présent dans l'habitude d'importer tant de grains que nous le faisons. Mettant hors de la question la gratification pour exporter, les loix restrictives de l'importation pourraient seules avoir fait que cela fut impossible. La demande des grains Anglais aurait été deux fois plus grande et plus constante qu'elle ne l'a été ; et il est contraire à tout principe d'approvisionnement et de demandes de supposer que cela n'aurait pas occasionné une plus grande production. Les argumens du docteur *Smith* prouvent trop clairement qu'il a mal et très peu prouvé. (*Note de l'auteur.*)

néfices annuellement accumulés à se tourner vers la terre,
l'effet en eut été sans doute au plus haut degré désirable.
Mais, même en accordant que la présente et très rapide
marche des richesses en général eut à souffrir un léger re-
lentissement dans ses progrès, s'il y avait le moindre fondement aux alarmes qu'on a exprimées touchant le plus avantageux emploi d'un capital qui s'accroît si rapidement, nous
pourrions surement vouloir sacrifier une petite portion des
présentes richesses au dessein d'atteindre un plus grand degré de securité, d'indépendance et de prospérité.

Ayant considéré les effets de la gratification du côté des
fermiers et de l'agriculture, il me reste à les considérer du
côté des consommateurs et de leur dépense.

On peut convenir que tout l'effet direct de la gratification
serait d'elever, et non pas de baisser dans chaque achat particulier le prix des grains pour le consommateur. Mais ses
effets indirects sont d'en baisser le prix moyen, et d'empêcher les variations au dessus et au dessous de ce prix moy-
en. Si nous prenons un période de quelque durée, antérieur
à celui de l'établissement de la gratification, nous trouverons
que son prix moyen a été plus puissamment affecté par les
années de disette que par les autres. De 1637 à 1700, ces
deux années incluses, le prix moyen du froment suivant le docteur *Smith* a été de *deux livres sterling, onze shellings, et un
tiers,* cependant en 1688 le prix ne s'était elevé qu'à *une livre
sterling et huit shellings,* selon une estimation de *Grégoire
King* que le docteur *Smith* regarde comme correcte. Il parait donc que durant ce période qui a été celui du monopole
et de l'insuffisance de l'approvisionnement, c'est le prix le
plus elevé qui a eu la plus grande influence sur le prix moyen.
Mais ce haut prix moyen n'encourageait pas la cultivation du
grain : quoique le fermier pût éprouver une vive animation
durant une ou deux années de haut prix et projetter plusieurs
améliorations, la surabondance dans les marchés des années
suivantes abaissait le prix au même degré précédent d'infériorité et détruisait tous ses projets. Quelquefois, il est vrai,

une année de haut prix tendait à appauvrir la terre,* le période était trop court pour déterminer plus de capital à se
tourner vers l'agriculture, et une temporaire abondance, obte-
nue en semant plus de terres que l'on n'y en destinait ordinairement revenait nuire à l'intérêt permanent de la cultivation.
Il pouvait donc aisement arriver que par une très grande
fluctuation dans les prix, quoique le prix moyen fut très haut,
il n'y eut pas autant de motifs déterminans pour encourager à
porter les capitaux vers l'agriculture qu'il y en aurait eu avec
un prix moyen plus faible mais moins variable, pourvu que ce
prix moyen et stable excédât les frais d'exploitation ; et si
la gratification a quelque tendance à encourager un plus
grand approvisionnement et à faire que le prix moyen dé-
pende plus des frais de production que du haut prix qu'amene
la disette, il en pourra résulter un bénéfice de très haute importance pour le consommateur et qui fournisse en même
tems un plus grand encouragement pour le fermier : deux
objets que l'on a regardé comme incompatibles, mais sans
aucune suffisante raison.

Supposons que dans cette contrée le prix de la production soit de *cinquante cinq shellings* par quarter et que pendant trois ans sur dix, il y ait eu un prix de cherté s'elevant
à cinq guinées, pour quatre ans le prix de *cinquante cinq
shellings*, et pour les trois autres années celui de *cinquante
deux shellings*. Dans ce cas le prix moyen des dix années
aura été d'un peu plus de *trois livres, sept shellings :* cela
semblerait un prix très encourageant ; mais les trois années
pendant les quelles il aurait été au dessous des frais de production auraient grandement détruit cet avantage, et l'on ne
peut douter que l'agriculture aurait eu un bénéfice beaucoup
plus impulsif si le prix eut continué d'être de *trois livres*

---

* Parce qu'une faible récolte donne peu de paille et de fumier, et pré-
pare une nouvelle année de disette ; et par conséquent, la cherté passagére
n'enrichit pas un fermier qui dans l'année ou elle arrive n'a que très peu de
bled à vendre. (*Note du traducteur.*)

sterling. par année. A l'égard du consommateur il n'est pas besoin d'insister sur l'avantage de ce dernier prix.

Quand le docteur *Smith* assure que la baisse du prix des grains n'est pas possible en conséquence d'une gratification, il y a une distinction à faire entre le prix de la production dans les années de commune abondance et le prix moyen d'un période qui embrasse les années de la disette ; et ce sont en effet des choses très différentes. Supposons que les salaires du travail soient plus fréquemment réglés par le prix de cherté que par l'autre, ce qui parait le cas, il sera aisément accordé que la gratification ne pourrait pas abaisser le prix de la production, quoiqu'elle puisse abaisser le prix moyen d'un long période, et il n'y a pas de doute qu'elle a eu cet effet à un degré considérable durant la première moitié du dernier siècle.

La gratification peut opérer sur la valeur de l'argent en quelque manière dans ses effets directs pour le déprécier ; mais dans ses effets indirects elle tend peut-être plus puissamment à prévenir sa baisse. Dans le progrès des richesses lorsque le commerce surpasse l'agriculture, il y a un tendance constante à la dépréciation de l'argent, et une tendance toute opposée quand la balance penche du côté de l'agriculture. Pendant la première moitié du dix-septième siècle l'agriculture semblait fleurir plus que le commerce, et l'argent suivant le docteur *Smith* paraissait augmenter de valeur dans la plûpart des provinces de l'Angleterre. Dans la dernière moitié le commerce a paru marcher à l'effroi de l'agriculture ; et, cet effet n'ayant pas été balancé par une diminution dans le numéraire circulant, l'argent a été très généralement déprécié. Tant que cette dépréciation est commune au monde commerçant, elle n'a comparativement qu'une petite importance ;* mais indubitablement les nations

---

* Même la dépréciation qui s'étend sur le monde commerçant cause beaucoup de mal aux individus qui ont un revenu fixe, et un important mal national qui dérange les propriétaires des terres louées à long terme. A l'égard des baux l'établissement de la gratification serait certainement fa-

où ces causes prévaudront dans un plus grand degré, et où le prix nominal du travail aura monté le plus haut, en seront le plus frappées, et le plus affectées par le concours de la richesse commerciale opérant conjointement avec le déficit des grains. On conviendra certainement que les nations cultivatrices qui approvisionnent de grain les ports de l'Europe souffriront moins de ce désavantage ; et même que les petits Etats dont les besoins sont connus, seront moins exposés que ceux dont les besoins non seulement ne sont pas constants, mais peuvent être très considérables. On ne peut nier que l'Angleterre est dans cette dernière situation, et que le rapide progrès de sa richesse commerciale combinés avec plusieurs années de disette y ont élevé le prix des salaires au dessus de ce qu'il est dans aucune autre contrée de l'Europe. Une conséquence naturelle est que l'argent soit plus déprécié dans nos trois Royaumes que partout ailleurs.

Si la gratification a quelque effet en affaiblissant cette cause de dépréciation et en empêchant que le prix moyen des grains soit trop affecté par celui des années de disette, ce dernier avantage qui sera quant à l'argent une suite indirecte de la gratification, peut plus que balancer le désavantage présent que l'on croirait y voir.

Il parait donc, sur le tout, que le rétablissement des loix de 1700, sur les grains, en ouvrant un plus grand débouché, et particuliérement en assurant un prix plus stable aux grains

---

vorable. Il y a apparence qu'après la hausse occasionnée par son premier établissement, le prix des grains tendrait pendant plusieurs années à rebaisser jusques vers son premier niveau, et si d'autres causes n'interviennent pas, un tems fort considérable peut s'écouler avant qu'il ait regagné la hauteur dont il avait commencé à descendre. Ainsi après la première dépréciation une dépréciation future serait arrêtée, et le cours des longs baux plus encouragé. La dépréciation causée par l'établissement de la gratification serait très peu considérable comparée avec les autres causes de dépréciation qui agissent constamment dans ce pays. Indépendamment du système d'amortissement, de l'extension donnée à l'emploi du papier, de l'affluence des richesses commerciales, et de la diminution proportionnelle des grains, toutes les taxes sur les nécessités de la vie tendent à baisser la valeur de l'argent. (*Note de l'auteur.*)

Britanniques, peut donner un encouragement décidé à l'agriculture Anglaise.*

On ne conteste point que se serait un avantage d'une
considérable étendue. Mais cet avantage ne peut être obtenu qu'en passant par le mal d'avoir une différence mar-
quée entre le prix du grain en Angleterre et celui qu'il a dans
les ports des autres contrées de l'Europe, et aussi longtems
que le prix nominal des grains influera sur celui de toutes les
autres marchandises dans un même rapport ou une différence
justement proportionelle avec la valeur de l'argent. A l'é-
gard de l'intérêt *permanent* du commerce, il y a grande raison de croire que son désavantage serait plus que balancé
par la tendance qu'un approvisionnement de grain plus complet et plus stable aurait à prévenir la future dépréciation
de l'argent en Angleterre et à calmer ce mal présent. Le bien
et le mal de ce systême peuvent être comparés avec le bien
et le mal d'une parfaite liberté dans le commerce du grain
dont le nom est sans doute plus éblouissant. Les avantages
d'une libérté illimitée d'importation et d'exportation sont
évidens. Le mal spécial qu'elle donnerait à craindre dans
une contrée riche et commerciale comme la nôtre est que le
loyer des terres et les gages du travail ne pourraient pas
tomber en proportion de la chute du prix des grains. Si la

---

* Sous le rapport de la tendance de la population à s'accroître en proportion des moyens de subsistance, quelques personnes ont supposé qu'il y aurait toujours dans l'intérieur une demande de grain suffisante quelle que put
être la récolte. Mais c'est un erreur. Il est très vrai que si les fermiers
pouvaient graduellement accroître leurs recoltes de grains à volonté et les
vendre à un suffisant vil prix la population s'eleverait dans l'intérieur
jusqu'à en demander la totalité. Mais dans ce cas le grand accroîssement
de demande viendrait seulement du bas prix, et serait donc d'une toute autre nature que celle qui dans les circonstances actuelles de notre pays en-
courageraient l'augmentation de l'approvisionnement. Si les fabricans de
large drap superfin voulaient le vendre à un shelling la *yard* au lieu d'une
guinée, il n'y a aucun doute que la demande en serait plus que vingtuplée;
mais il est certain qu'en un tel cas ce grand accroîssement de demande n'aurait aucune tendance, ni dans aucune partie du monde en des circonstances
pareilles, à encourager la manufacture des draps. (*Note de l'auteur.*)

terre ne donnait aucun autre produit que du grain, les propriétaires pourraient absolument être obligés de baisser leurs
ventes en proportion exacte de la diminution des demandes et
du prix : car universellement c'est le prix qui détermine la vente
et non pas la vente qui détermine le prix. Mais dans une
contrée où les demandes pour les produits de pâture sont très
grandes et augmentent journellement, la rente de la terre ne
peut pas être entièrement réglée par le prix des grains : et
quoique le prix de ces produits de pâture puisse baisser aussi
par suite de la baisse de celui du grain, ce ne serait pas dans
la même proportion. Par la même raison les salaires du travail étant influencés non seulement par le prix des grains,
mais aussi par le concours de la richesse commerciale et les
autres causes dont nous avons parlé, quoiqu'ils eussent probablement baissé avec le prix du grain, n'auraient pas non
plus baissé dans la même proportion. Pendant la première
moitié du dernier siècle le prix moyen des grains a baissé
considérablement, mais attendu la demande du travail naissant
d'un commerce qui s'accroissait, le prix du travail n'a pas
baissé avec lui. La haute rente et les hauts salaires occa-
sionnés par une plus grande demande de grain, et par l'accroissement de son prix, auraient pû ne pas ralentir la cultivation par la raison qui est claire que le pouvoir de cette
hausse aurait été donné avant qu'elle eut lieu. Mais la
haute rente et le haut prix des salaires, provenant de diverses
autres causes que le prix des grains, ont tendu plus puissamment à retarder et à affaiblir la culture. Sous de telles circonstances la terre qui n'exigeait que peu de travail a généralement donné une plus haute rente que celle sur laquelle il
en fallait faire un grand, et la mise en cultivation des terres
qui n'y étaient pas a été puissamment interdite. Une nation
riche et commerçante a été ainsi conduite par le cours naturel des choses à la pâture plus qu'au labourage, et tentée
journellement de devenir plus dépendante des autres pour ses
approvisionnements de grain : si toutes les nations de l'Europe étaient considérées comme une grande contrée, et si

chaque Etat pouvait être assuré de tirer des autres ses approvisionnemens, comme dans un Etat particulier un district
de pâturage reçoit les siens des districts voisins où le labour
est plus en faveur, on ne serait pas blessé par cette dépendance et personne ne proposerait des loix comme celles que
nous avons eues sur les grains. Mais pouvons nous avec
sûreté considérer l'Europe sous ce point de vue ? L'heureuse
situation de notre contrée et l'excellence de ses loix et de son
gouvernement l'exemptent plus que toutes les autres nations des
invasions étrangères et des troubles intérieurs, on doit donc
pardonner à l'amour de notre pays qui dans des circonstances
de cette nature produit une grande répugnance à l'exposer sur
un point aussi important que la provision de son principal ali-
ment à recevoir sa part des changemens et des chances qui
peuvent arriver sur le continent. Combien les misères de
la France n'auraient elles pas été aggravées durant la révolution si elle eut dépendu des pays étrangers pour la subsistance de deux ou trois millions de ses habitans.

Que nous puissions tout d'un coup et avec une parfaite
facilité nous transformer d'une nation qui importe des grains
à une nation qui en exporte, je ne voudrais pas me hasarder à
le dire. Mais les deux théories et l'expérience de la première
moitié du dernier siècle sont les garans que la chose n'est
pas impraticable, et nous ne pouvons nous empêcher de reconnaitre que c'est une imposante expérience et que la permanence de notre prospérité nationale peut en dépendre.*

Si nous continuons dans notre marche présente, qu'il nous
soit permis de réfléchir un moment sur ses conséquences pro-
bables.

* Depuis que ceci est écrit, un nouveau système de loix sur les grains a
été établi par la législature; mais il n'est pas aussi puissant dans le but
qu'il se propose que celui de 1688 et de 1700. Ces nouvelles loix tendent
fortement à encourager la production d'un supplément de grains indépendant,
mais non pas assez fortement pour produire un excès. Un approvisionnement indépendant neanmoins est le premier et le plus important objet. (*Note
de l'auteur.*)

Nous ne pouvons être en doute que durant peu d'années nous avons tiré d'Amérique et des ports de la Baltique plus de *deux millions de quarters* de froment, outre les autres grains, montant ensemble à la subsistance d'environ deux millions d'habitants. Si dans de telles circonstances quelque discussion commerciale ou autre dispute s'elevait entre nous et ces nations, avec quel poids de puissance ne négocieraient elles point? Toute la force maritime de l'Angleterre ne pourrait offrir un argument plus convaincant que la simple menace de fermer leurs ports. Je n'ignore pas qu'en général nous pouvons nous fier avec sécurité sur ce que ces peuples n'agiront pas directement contre leur intérêt. Cependant cette considération, toute puissante qu'elle soit, peut céder quelquefois et volontairement à une indignation nationale, et quelquefois aussi être forcée de céder au ressentiment d'un souverain. Et, de plus, si cette même considération peut tranquilliser suffisamment dans la pratique lorsqu'on l'applique à des manufactures, parcequ'un délai dans leurs ventes n'est pas d'une conséquence aussi immédiate, et parce que leurs ballots plus petits peuvent plus aisément passer en contrebande, il n'en est pas de même quand il s'agit des grains. Un délai de trois ou quatre mois dans leur arrivée peut produire les misères les plus compliquées, et le grand encombrement des grains met au pouvoir des souverains de faire exécuter ce qu'ils se proposent à leur sujet. Les petits Etats commerçans qui dépendent pour la presque totalité de leur subsistance des puissances étrangères ont toujours beaucoup d'amis. Ils ne sont pas d'une assez grande conséquence pour exciter contre eux une indignation générale, et s'ils ne sont pas alimentés par un pays, ils le sont par un autre. Mais ce n'est point du tout le cas pour une contrée comme la Grande Brétagne dont l'ambition commerciale semble particulièrement combinée pour exciter une universelle jalousie, et dans le fait l'a excitée à un très haut degré. Si notre commerce continue de s'accroître quelques années, et notre population commerciale avec lui, nous deviendrons si exposés aux traits de la fortune qu'il n'y aura qu'un miracle qui puisse nous sauver d'en être frappés. Sans le présent système d'importation des grains qui nous sont nécessaires, je regarde comme absolument certain le retour périodique des tems de cherté pareils à ceux que nous avons dernièrement éprouvés. Mais en mettant hors de la question, quant à présent, la funeste détresse qu'il a occasionnée, et que cependant aucun homme doué d'humanité ne pourra de longtems bannir de sa mémoire, je demanderai s'il est politique, seulement sous le point de vue de notre grandeur nationale, de nous rendre nous mêmes dépendants des autres nations pour nos aliments, et au pouvoir d'une coalition qui pourrait diminuer notre population de deux millions d'individus.

Pour rétablir notre indépendance, et asseoir notre grandeur nationale et notre prospérité commerciale sur le fondement assuré de l'agriculture, il est évidemment insuffisant de proposer des prix pour le labourage et pour cultiver ceci ou cela plus en grand, et même de passer un bill général de clôture quoiqu'il puisse être bon et bien de le faire. Si l'accroissement de la population commerciale marche du même pas, nous serons seulement avec ces efforts dans la même position où nous avons déjà été à l'égard de la nécessité de l'importation.—L'objet à remplir est de changer la proportion relative entre la population commerciale et la population cultivatrice de la contrée. Ce qui ne peut être fait que par quelque système qui élevant avec permanence les profits de l'agriculture puisse déterminer à verser sur la terre une plus grande portion du capital national, et qui donne aux cultivateurs une complette sécurité contre l'engorgement des marchés. Je ne vois aucune autre voie aujourd'hui pour atteindre ce but que des loix sur les grains adaptées aux circonstances particulières à notre pays, et à l'état des marchés étrangers. Tout système de restrictions ou d'encouragemens particuliers est désagréable sans aucun doute; et la nécessité d'y avoir recours doit justement être pleurée.

Mais les objections que fait le docteur *Smith* contre les gratifications et l'inconvénient de pousser quelque branche de
l'industrie nationale dans un canal moins avantageux que
celui auquel elle se serait portée d'elle même,* ne peuvent
être appliquées au cas présent, attendu la prééminente qualité des produits de l'agriculture, et les redoutables conséquences de la plus légère baisse de leur prix. Il est très
vrai que la nature a imprimé aux grains une valeur particulière :† cette remarque faite par le docteur *Smith* pour un
autre sujet peut fort bien s'appliquer ici et justifier l'exception
de ce genre de production, des objections faites contre les
gratifications en général.

Si toute espèce de commerce était parfaitement libre à
travers le monde commercial, la proposition de quelque interruption que ce fut à ce système de liberté générale devrait
sans doute éprouver la plus grande résistance ; et à la vérité
dans de telles circonstances l'agriculture n'aurait besoin d'aucun encouragement particulier. Mais sous la présente et
universelle préférence donnée au système manufacturier et
commercial, et avec toutes les différentes mesures d'encouragement et de restrictions que ce système a fait adopter, il
y aurait de la folie à excepter de notre attention la grande
manufacture des grains qui est le soutien de toutes les autres. Les hauts droits payés sur l'importation des marchandises manufacturées chez l'étranger, sont un si direct encouragement pour la partie manufacturière de notre société,
qu'il n'y a que quelques encouragemens de la même nature,
agissant avec la même force, qui puissent placer les manufacturiers et les cultivateurs de notre pays sur le même pied.
Un système d'encouragement donc, qui serait jugé nécessaire
pour le commerce des grains devrait évidemment compenser
les encouragemens par lesquels il est précédé et qui ont été
donnés aux manufactures. Nous regardons les manufactures

---

* Richesse des nations, tome ii. chap. iv. page 278.
† Ibid.

de laine de l'Angleterre comme de la première importance, nous les protégeons et nous les encourageons avec un soin particulier. Mais aucun homme de sens ne peut comparer leur influence sur la force et la prospérité de l'Etat avec celle de la manufacture des grains dont la disette ou l'affaiblissement enveloppe, entraine l'affaiblissement de ces manufactures favorites elles mêmes.

Si tout était libre, je n'aurais rien à dire. Mais si nous protégeons et encourageons, je trouve qu'il est insensé de ne pas encourager, de ne pas soutenir la production qui est la plus importante de toutes et de la plus grande valeur.*

* Quoique j'aie attaché la plus grande importance à l'augmentation de la quantité des grains dans le pays afin qu'elle y fut au dessus de la demande pour la consommation des habitans, je n'en recommande pas moins de faire attention au système du labourage; et je ne conseille point celui qui a lieu à cet égard dans la plus grande partie de la France, il s'opposerait à mes propres desseins.

Un large fonds de bétail donne non seulement une très considérable partie des alimens de la contrée et contribue très grandement à la subsistance et au bonheur d'une nombreuse partie de la population, mais il est aussi nécessaire à la production du grain lui même.

Un abondant surplus de son produit, excédant la nourriture des personnes que la culture emploie, ne peut jamais être obtenu sans un grand fonds de bétail. C'est une observation d'Arthur Young, et je pense qu'elle est juste; que la première et la plus claire amélioration de l'agriculture consiste dans l'emploi des jacheres à nourrir l'augmentation de gros bétail et de bêtes à laine dont on a besoin. (Voyages en France, tome i. page 361.)† Mais je n'en suis pas moins animé à convertir une fois l'Angleterre *autant que cela sera praticable* en un pays qui exporte aussi ses grains, puisque la demande des produits de ses pâturages s'accroît journellement par l'augmentation des richesses de la partie commerciale de la nation; si on le regardait comme impraticable, ce serait nous supposer sous le pouvoir d'une des grandes causes de la décadence des nations.

† Lors du Voyage d'Arthur Young en France, il y a environ trente ans, l'usage de laisser un tiers des terres en jacheres dans les pays de grande culture et la moitié dans ceux de petite était presque général. Mais à présent, les travaux et les lumières des sociétés d'agriculture, et particulièrement de la société royale, ont fait presque entièrement disparaitre les jacheres dans les provinces labourées par des chevaux et les ont beaucoup diminuées dans les autres. (*Sur-note du traducteur.*)

On ne peut cependant imaginer qu'un systême d'agriculture plus éclairé, quoiqu'il soit indubitablement capable de

Nous avons toujours ouï dire que les Etats et les Empires ont leurs périodes de déclin, et nous avons lu dans l'histoire que différentes nations ont
successivement fleuri, et qu'il y a toujours eu des contrées s'élevant sur les
ruines de leurs riches voisins. En suivant le système commercial, cette
sorte de succession parait être dans la nature et le cours nécessaire des
choses, indépendamment même des effets de la guerre. Si de l'accroissement des richesses de la partie commerciale d'une nation, et par conséquent
de l'accroissement des demandes pour les consommations des produits de la
pâture, plus de terres sont journellement laissées ou mises en prairies, et
plus de grains importés des autres pays; une conséquence inévitable parait
s'en suivre; c'est que l'accroissement de la prospérité des pays qui la tirent
de cette fourniture des grains importés s'accélère: ce qui doit à la fin détruire la population et le pouvoir des contrées dont ces pays cultivateurs ont
nourri les habitans. Les anciens ont toujours attribué l'affaiblissement naturel des Etats au luxe. Les modernes au contraire ont généralement considéré le luxe comme un encouragement principal au commerce et aux manufactures, et en conséquence comme un puissant instrument de prospérité;
Ils ont ainsi, et avec une grande apparence de raison, répugné à regarder le
luxe comme une cause de déclin. Mais en accordant aux modernes tous
les avantages qu'ils croient voir dans le luxe, et même dans l'accélération
rapide et actuelle des vices qui est certainement très grande, il semble
qu'il y a un point au delà duquel ce luxe doit nécessairement devenir préju-
diciable à un Etat, et le pousser par des semences de faiblesse jusqu'à la
décadence. Ce point arrive quand le luxe est porté assez loin pour attirer
vers lui tant de capitaux et de travail qu'il retranche du fonds nécessaire à
la subsistance et devienne un empêchement au lieu d'être un encouragement
à l'agriculture.

Je serais trop mal entendu si, des choses que j'ai dites dans les quatre
chapitres précédens, j'étais considéré comme ne connaissant pas suffisamment les avantages qui dérivent du commerce et des manufactures. Je
vois en eux le caractère distinctif de la civilisation, la marque la plus claire
et la plus frappante des améliorations de la société calculée pour multiplier
nos jouissances et ajouter à la somme des félicités humaines. Aucun grand
surplus du produit de l'agriculture ne peut exister sans eux, ou s'il peut
exister, il ne saurait être comparativement que d'une très petite valeur.
Mais ils sont plutôt les ornemens et les embellissemens de l'édifice politique
que ses fondemens.

Lorsque les véritables fondemens sont parfaitement assurés, nous ne pouvons mettre trop de soin à rendre tous les appartemens élégans et commodes.
Mais s'il y a la plus légère raison de craindre que les fondemens puissent

produire plus de subsistance que n'en demande la population
actuelle, puisse jamais marcher du même pas qu'une popu-
tation qui ne serait point arrêtée.

s'écrouler, il semble que ce serait une folie que de continuer à porter sa
principale attention sur la partie la moins essentielle. L'ami le plus déterminé des manufactures et du commerce peut accorder que les personnes
qu'ils emploient ne pourraient subsister sans les alimens qui les nourrissent;
et je ne puis me persuader qu'ils se croient suffisamment assurés de ce fonds
de subsistances s'ils dépendent principalement pour lui des autres contrées.
Il n'a jamais été fait mention dans l'histoire d'aucune grande nation, con-
tinuant d'être administrée avec vigueur, qui ait soutenu quatre ou cinq
millions de ses habitans avec des grains importés, et je ne saurais croire
qu'elle en fasse jamais mention à l'avenir.

Л'Angleterre est sans doute par sa position insulaire et par sa marine
prépondérante la plus propre à former une exception à cette régle. Mais
considérant le sujet comme une question générale d'économie politique, ces
avantages peuvent être régardés comme lui étant particuliers et accidentels.
Ils peuvent être applicables à l'Angleterre et ne le seraient pas à d'autres
contrées. En dépit cependant des avantages particuliers à l'Angleterre, il
me parait clair que si elle continue tous les ans à augmenter son importation
de grains, elle ne pourra à la fin échapper au destin qui semble être la conséquence nécessaire et naturelle d'une excessive richesse commerciale; et la
prospérité croissante des contrées qui la nourriront avec leurs grains res-
traindra aussi comparativement sa population, ses richesses et son pouvoir.
Je ne parle pas, à présent des vingt ou trente premières années; mais des
deux ou trois siècles prochains et, quoique nous ayions peu d'habitude de
regarder si loin, on peut cependant mettre en question si nous avons raison
d'adopter en le connaissant un système qui doit nécessairement se terminer
par l'affaiblissement et la décadence de notre postérité.

Soit que nous nous appliquions ou non à la pratique de ce genre de dis-
cussions, il est curieux de contempler dans le destin des empires les causes
des revers qui ont, si l'on veut, changé la face du monde dans les tems passés,
et dont on peut attendre qu'ils produiront les mêmes effets quoique, peut-
être, avec de moins violens changemens par la suite. La guerre a été dans
les anciens temps la principale cause de ces changemens. Mais elle a seulement fini un ouvrage que l'excés du luxe et la négligence de l'agriculture
avaient commencé.

Les invasions étrangères et les convulsions intérieures n'ont produit comparativement que de temporaires et legers effets sur des contrées telles que
la Lombardie, la Toscane et la Flandre, ou la culture n'a pas cessé de
prospérer: elles ont été fatales à la Hollande et à Hambourg; et, quoique
le commerce et les manufactures de l'Angleterre doivent probablement avoir

Les erreurs qui se sont élevées de la constante apparence d'une pleine abondance produite par le système agricultural, et la source de quelques autres préjugés touchant la population seront indiquées dans le chapitre suivant.

toujours un grand appui dans son agriculture, quant à la partie que celle-ci ne pourrait pas soutenir, l'Angleterre elle même doit être sujette aux revers des Etats qui se sont mis dans la dépendance d'autrui.

Nous remarquerons qu'il n'y a que vingt ou trente ans que nous sommes devenus une nation qui importe des grains. Dans un si court période, on devait à peine s'attendre que les mauvais effets de ce système fussent perceptibles. Nous en avons cependant déjà supporté quelques inconvénients ; et si nous y persévérons, ses facheuses conséquences ne donneront pas moins de matière à une réflexion tardive. (*Note de l'auteur.*)

ANECDOTE.

Nous pensons que nos lecteurs nous sauront quelque gré de leur avoir fait connaître quatre chapitres de M. *Malthus* qui contiennent, avec tant de vues profondes, des notions si curieuses sur la situation politique et commerciale de l'Angleterre, sur les dangers aux quels les principes de M. Colbert exposent cette Isle célébre.

Beaucoup de personnes auront autant de peine que j'en ai eu à comprendre pourquoi ces chapitres ont été supprimés de la traduction et de l'édition Française.

L'anecdote en est assez singulière.

Ce retranchement n'a point été le délit d'un censeur, ni l'effet de la sévérité d'un directeur de la librairie.

Le traducteur s'y est crû obligé sans qu'on lui en donnât l'ordre.

Il est Genêvois ; et il était nouvellement sujet de la France, par conséquent d'autant plus affligé et plus terrifié qu'aucun autre de se trouver soumis à une autorité arbitraire et illimitée. Sous un certain aspect il aurait pû croire que des chapitres où la conduite de l'Angleterre était fortement blâmée pourraient ne pas déplaire à l'Empereur des Français.

Mais il remarqua que la haine de ce Prince pour la nation Anglaise ne le portait qu'à en envier les succès apparens, et à en imiter la conduite ; il imagina que la critique des motifs sur lesquels cette conduite se fonde pourrait choquer le monarque qui les adoptait : et il se porta de lui-même à la suppression qui ne lui était pas demandée, ni commandée.

Cela constate un fait fort intéressant ; c'est que les Rois se trouvent *Despotes* même dans les momens où ils ne pensent point à l'être. On court toujours au devant de leurs fers.

Ils ne peuvent pas s'empêcher d'être les distributeurs des grâces, partant d'exercer une grande influence sur tous ceux qui ont, ou peuvent avoir, ou croient qu'ils pourront avoir *un jour* quelque chose à demander.

Ils ne voudraient pas, et ne pourraient sans danger, renoncer au pouvoir de faire mettre en prison, au moins *provisoirement,* les gens dont les écrits leur paraissent liés à des machinations coupables.

> " Et toute prison est un antre,
> " Ou l'on voit fort bien comme on entre,
> " Mais sans prévoir comme on en sort."

Il s'en suit que l'attrait des faveurs d'une part, et la crainte des persécutions de l'autre, font que les Auteurs, ont grand soin de se conformer à l'opinion du chef durable d'un gouvernement, et de parler pour elle dans son pays ; ou de s'abstenir de publier, non pas seulement ce qui pourrait la choquer, mais ce qui laisserait à cet égard la plus légère inquiétude.

Frédéric le Grand est le seul qui ait voulu la liberté de la presse ; et ce n'était que sur les matières de religion : c'est-à-dire pour ceux qui pensaient comme lui.

Un Empereur et cette liberté sont deux choses absolument incompatibles. Il peut la promettre, principalement lorsqu'il ne la veut pas. La donner surpasse son autorité, à laquelle il n'appartient ni de faire taire l'intérêt, ni de rassurer la peur.

Comment donc faire quand on a la passion de la liberté, et surtout de la liberté d'écrire ? Vivre à quinze cent lieues ; encore est-il bon qu'il n'y ait point de route par terre.

A *Londres* même *Cobbet* a été deux ans en prison et condamné à *quatre mille guinées* d'amende. Ses amis ont payé pour lui, parcequ'il est célébre ; et que la souscription pour un acte de cette nature rend un homme marquant dans le parti de l'opposition qui est le grand chemin du ministère. Ce n'est point encore là *une Liberté :* ce n'est qu'un combat à qui sera ministre, dans lequel chacun soudoie ses champions. Mais cela vaut mieux qu'un Empire.

AU SUJET DE LA LETTRE SUIVANTE.

La science que M. *Malthus* cultive, et cultive comme on vient de le voir avec un succès très marqué, mérite certainement d'être étudiée. Elle n'est pas d'une grande étendue. Ses principes sont simples et peu nombreux. Mais elle est d'une grande importance; et quand on y a fait quelques progrès, elle a beaucoup d'attrait.

M. *Say* a publié sur cette science un ouvrage justement admiré, que tous les journaux ont couvert d'éloges. Il n'est pas moins digne *d'examen* que celui de M. *Malthus*.

Du Pont de Nemours a crû lui devoir un pareil hommage; il a crû devoir le rendre, comme l'autre, avec le respect et la liberté qu'aiment à se manifester réciproquement des hommes qui s'estiment, qui courent la même carrière, et qui n'y portent aucun autre sentiment qu'un amour égal pour le bien public.

Peut-être convient-il de réunir ces deux travaux d'un vieux philosophe qui ne sont pour ainsi dire qu'une continuation l'un de l'autre, et ne formeront qu'un très petit volume.

Les vérités morales et politiques sont si intéressantes qu'on ne peut s'empêcher de les écrire à la fois de la tête et du cœur; mais heureusement elles sont si claires qu'il est facile de les exprimer avec précision.

LETTRE

A

M. JEAN BAPTISTE SAY,

EX-MEMBRE DU TRIBUNAT,

SUR SON

TRAITÉ D'ÉCONOMIE POLITIQUE.

Tout homme est capable de faire du bien à un homme : mais c'est ressembler aux Dieux que de contribuer au bonheur d'une société entière.

MONTESQUIEU : *Lettres Persanes.*

LETTRE

À

M. JEAN BAPTISTE SAY.

———

À bord du Fingal, 22 *Avril,* 1814.
41 degrés de latitude, 43. 30 de longitude.

Mon Cher Say,

JE viens d'achever la lecture de votre très bel ouvrage ; dont je ne connaissais en France que le discours préliminaire, la renommée, et les extraits inserés dans divers journaux.

Quelques jours après la blessure de Morellet, cet habile et excellent homme m'exprimait sa douleur et la mienne de ce que nous devenions vieux, et courions vers la mort, sans laisser d'élèves et d'héritiers qui pussent continuer nos études et notre doctrine, comme nous avons fait celles des amis et des instructeurs dont nous avons été les compagnons.

Je vois que ce n'est pas un *élève* que nous avons, mais un très fort Emule ; qui, avec trente ou quarante ans de moins, contribuera aussi bien que nous mêmes à propager et démontrer un grand nombre des vérités les plus· utiles au genre humain.

Vous avez presque tous nos principes ; et, si l'on en excepte ce qui concerne les revenus publics, vous en tirez exactement les mêmes conséquences pratiques.

La fantaisie que vous avez de nous *renier*, et que vous ne dissimulez point assez, mon cher Say, n'empêche pas que vous soyez par la branche de *Smith* un petit-fils de *Quesnay*, un neveu du grand *Turgot*.

Votre discours préliminaire m'avait fait du chagrin par

la manière plus que froide, un peu dure et hautaine, dont vous y parlez des prédécesseurs qui pourtant ont puissamment concouru à votre instruction. J'ai retrouvé avec peine cette sorte d'affectation dans le livre-même.

Vous n'êtes pas comme les Allemands qui ne citent jamais un Ecrivain, sans y chercher ce qui coïncide avec leur propre opinion, ce qui la fortifie, et sans l'accompagner d'un éloge.

Vous ne nommez guères que pour dénigrer, pour réfuter, pour rabaisser. Votre travail approfondi, votre rare talent pour la discussion, devraient vous mettre au dessus de cette faiblesse.

Corneille a dit :

" Je vois d'un œil égal croître le nom d'autrui,
" Et tâche à m'élever aussi haut comme lui
" Sans hazarder ma peine à le faire descendre."

Montaigne a dit :

" Je donnerais volontiers un coup d'épaule pour rehausser ceux en qui je vois un mérite réel."

Voltaire a dit :

" Nous sommes assez grands pour être sans envie."

Répétez-le ; car vous êtes grand, et très grand.

Vous ne désignez *Quesnay* que par sa qualité de *Médecin*. Quoiqu'en effet il ait été médecin, même un illustre médecin, est-ce sous cet aspect qu'en traitant de *l'Economie Politique* vous deviez mentionner l'homme qui a vû que l'agriculture est à la tête de tous les travaux humains ; qui a discerné et indiqué la distribution que les cultivateurs et les propriétaires des terres font des récoltes à leurs *salariés* directs et indirects, et ce que ceux-ci donnent en retour ; qui, le premier a reconnu l'existence du *produit net*, sa fonction, son importance dans la société, et que l'on ne pouvait sans ruine faire contribuer aucune autre branche de richesse aux dépenses publiques, ce qui renferme toute la *Théorie de l'Impôt* ; celui qui contre l'unanime opinion de tous les philo-

sophes et de tous les publicistes qui l'avaient précédé, a dé-
couvert, soutenu, prouvé qu'il *n'était pas vrai que les hommes
en se réunissant en société eussent renoncé à* UNE PARTIE *de
leur liberté et de leurs droits, pour s'assurer l'autre;* que jamais ils ne sont confédérés *pour y perdre;* mais au contraire *pour y gagner;* pour garantir et pour *étendre* l'exer-
cise et la jouissance de TOUS *leurs* DROITS: d'où suit qu'aucun gouvernement n'a celui de gêner leur travail, ni de
porter atteinte à leur propriété, puisque c'est pour défendre
et pour augmenter l'un et l'autre qu'ils ont uni leurs forces
et se sont donnés, non des *Maîtres,* ce qu'ils n'auraient pas
du tout voulu, mais des *chefs.*

   Comment votre esprit juste et sagace, mon cher Say,
n'a-t-il pas vû que toute la science et la moralité de *l'Economie Politique* étaient là?

   Comment avez vous tenté de couper en deux cette belle
science pour en séparer celle *des richesses* qui n'est qu'un recueil de calculs et de développemens propres à montrer
l'utilité de se conformer à la LOI.   Celle-ci était, a toujours
été, sera toujours et toute entière dans le DROIT, qui ne peut
être violé sans injustice, sans tyrannie, sans crime.

   Quesnay n'eût il écrit que cette vingtaine de pages qui
sont à la tête de sa Physiocratie, aurait *fait* et *fondé* notre
science, la vôtre, et ne nous aurait laissé qu'a en exposer
les détails; il mériterait l'eternel hommage des philosophes,
des gens de bien de tous les peuples dignes d'aimer et d'avoir
la liberté.

   Il a pôsé les fondemens du temple de cette noble déesse;
il en a construit les gros murs.   Nous et vous y avons mis
des corniches, des fleurons, des astragales, quelques cha-
piteaux à des colonnes qui étaient debout.

   Vous ne parlez pas des Economistes sans leur donner
l'odieux nom de *secte,* qui suppose un mélange de bêtise, de
folie, et d'entêtement.   Cette injure n'offense point de la
part de *Grimm* et des *Grimes;* mais les expressions d'un

Say sont d'un autre poids. Il est en conscience obligé de savoir ce poids.

Vous n'accordez à ces auteurs, vos devanciers, que d'avoir été de *bons citoyens*. Beau mérite que le dernier savetier peut et doit avoir! Et pauvre mérite pour des *philosophes* dont plusieurs n'ont été, il est vrai, que des ecrivains médiocres, mais dont chacun a eu quelque vérité à lui, dont aucun n'a été un imbécile, dont quelques uns ont été des hommes d'Etat, même des Souverains très éclairés, très bienfaisans malgré leur couronne.

Vous avez traité *Turgot* avec sécheresse et legereté, si ce n'est vers la fin de votre second volume : comme si les *grandes Puissances* telles que vous, ne devaient pas des égards et du respect aux *grandes Puissances* telles que lui. Il vous en aurait témoigné. Nous aurions vingt fois fait ensemble votre éloge, si vous eussiez travaillé de notre tems.

Vous m'avez nommé une fois, et avec une belle épithète, L'ESTIMABLE *Du Pont de Nemours :* mais c'était pour blâmer à *tort*, une pensée que vous m'attribuez, qui est à *Quesnay*, et que je justifierais si nous avions à la discuter ici.

Je n'ai gardé aucune humeur de tout cela. Tout a été couvert par les admirables développemens que vous donnez aux différens rapports des emplois si variés que l'on fait des richesses ; et par le plus qu'admirable chapitre *sur les consommations* et les *administrations privées*, où vous avez eu la raison d'Aristote, l'esprit de Socrate, les grâces ingénieuses de Franklin. Je vais le faire copier à mes petits enfans. Aussi n'appuierai-je que sur les louanges qui vous sont dues quand je parlerai de votre livre à mes amis.

Mais en vous louant, parceque vous êtes éminemment louable, je ne vous flatterai point, mon cher Say ; vous êtes supérieur à la flatterie.

Vous avez trop rétréci la carrière de *l'Economie Politique*, en ne la traitant que comme *la Science des Richesses*. Elle *est la Science des Gouvernemens*. Elle est *la Science du Droit Naturel* appliqué, comme il doit l'être, aux sociétés civilisées.

Q

Elle est la *Science des Constitutions* qui apprend et qui apprendra, non seulement ce que les gouvernemens ne doivent pas *faire* pour leur propre intérêt, et pour celui de leurs nations ou de leurs *Richesses*, mais ce qu'ils ne doivent pas *vouloir, ni tenter,* ni *pouvoir* devant Dieu, à peine de mériter la haine et le mépris des hommes, le détrônement pendant leur vie, le fouet sanglant de l'histoire après leur mort.

Vous avez crû que notre large manière de considérer les gouvernemens, était *la politique* et non pas *l'Economie Politique.* Cette fois-là, vous n'avez point parlé *Français* quoique vous le sachiez si bien.

L'usage de notre langue a borné le sens du mot isolé *la politique* aux relations diplomatiques ou guerrières envers les autres nations ou les autres souverains : c'est la science de Machiavel, de Buonaparte, et du Cardinal de Richelieu. *Fi !*

Mais *l'Economie Politique* est celle de la justice éclairée dans toutes les relations sociales intérieures et extérieures. Je crois en avoir tracé les linéamens complets sur la feuille de papier que je vous ai donnée, qui a eu deux mille six cents exemplaires débités en Allemagne, en France, en Angleterre et aux Etats Unis, et qui commence par *la sensibilité de l'homme, ses facultés, sa volonté,* premières et inaliénables *propriétés* qu'il tient directement de DIEU et de *la* Nature.

Si vous fussiez parti de ce principe, vous auriez fait tout autrement votre chapitre de *l'impôt,* le seul de votre livre qui ne soit pas digne de vous. Car si les gouvernemens même *représentatifs* n'ont pas le droit, ne doivent point avoir la *puissance* de gêner la liberté d'aucun travail, d'interrompre les opérations d'aucun commerce, d'attenter à la propriété d'aucun citoyen, d'aucun homme même étranger, vous voyez que ce chapitre est entièrement à recommencer.—Ce qui ne m'empêche pas d'applaudir à à vos sages observations sur les mesures prudentes, modérées, graduelles, à prendre dans les pays qui ont depuis longtems été soumis à de mauvais gouvernemens, et dont les finances sont mal, iniquement ou nuisiblement assises.—

Lorsqu'on a marché par une fausse route, on ne peut revenir au bon chemin que par une diagonale qui ne soit ni l'un
ni l'autre ; et dans laquelle on ait soin de ménager les habitudes, les préjugés, les choses et les hommes qui existent.
—Le remède, en ce cas est dans la médecine et l'hygiène :
jamais dans la chirurgie, jamais avec secousse. *Natura,
humanitas, ratio, nihil agunt per saltum.* C'est ce que savent tous les philosophes qui ont été administrateurs, tous
les administrateurs qui sont philosophes.

   Rendez-nous donc un peu de justice, cher Say. Nous ne
sommes ni des foux, ni des sots ; nous avons la conscience
très délicate ; nous n'avons pas écrit et gouverné pendant
plus de cinquante ans, dans des pays de loix et de mœurs
très différentes, sans songer à rien.

   Si vous eussiez envisagé la chose sous un autre aspect,
si vous fussiez parti du point de vûe où s'était placé *Quesnay,*
celui de la justice règlant *le droit* de chaque homme, constatant *l'intérêt* général et particulier, interdisant *tout obstacle
au travail ;* si vous eussiez considéré la volonté très décidée
que tous les membres d'une société ont eue, n'ont pû s'empêcher d'avoir en se réunissant, de ne sacrifier *aucune
partie de leur liberté,* d'en *étendre* au contraire *l'utile
usage, et d'augmenter les jouissances* qui en résulteraient, il
ne vous serait pas resté une seule des idées financières auxquelles vous avez pris la peine de faire attention et d'attacher
quelque importance en parlant de l'impôt.—Vous auriez reconnu que la *tyrannie* elle même, qui peut piller les *capitalistes* et voler les *salariés,* ne le peut qu'un moment, et au
grand dérangement de toutes les conventions, au grand désavantage de la société, par des *impôts survenans* et imprévûs, par la violation impérieuse et subite des contracts qu'on
avait passés sous la foi publique, sous la garantie du gouvernement : mais qu'elle ne peut faire *contribuer* ni le travail,
ni les capitaux.

   Le prix du travail est réglé par le débat et la concurrence entre les *salarians et les salariés.* Il faut à ceux-ci *leur salaire,* selon le prix que la concurrence met à leur capacité et au besoin qu'on en éprouve.—Si on le *taxe* et si la taxe est connue, ou prévue, il faut qu'ils l'ajoutent *au salaire;* car ils veulent *le salaire* et la concurrence leur donne à la fois *le droit* et *le pouvoir* de l'exiger.

Il en est de même des *capitaux* qui sont une autre espèce de *salariés,* non moins nécessaires que les manipulateurs. Il faut payer leur *loyer* ou leur *intérêt,* dont le taux est pareillement réglé par la concurrence et le débat entre les prêteurs et les emprunteurs. Si vous chargez cet intérêt d'un *impôt* sous pretexte que, pour le prêteur, ou l'entrepreneur, *le capital* donne *un revenu,* il faut que l'impôt soit ajouté, même avec *un supplément d'intérêt,* au prix de loyer du capital; car c'est de la somme qu'il a déboursée que le *capitaliste* veut et doit toucher *l'intérêt,* non pas seulement de celle qui sert à l'entreprise.

Les deux impôts avancés par l'ouvrier et par le capitaliste retombent donc, et avec usure sur leur *salariant.*

Or, qui est le *salariant?* Ou quels sont les *salarians?* Cherchez, brave et studieux Say.—Cherchez, non dans tel ou tel pays, car il y a des pays dont les habitans se mettent aux gages de ceux des autres pays; il n'est pas sûr que ce soit une prudente spéculation, et d'ailleurs elle ne fait rien aux loix générales.—Cherchez sur la terre entière.—Qu'est-ce que l'on peut partager entre les humains qui la peuplent?

LES RECOLTES:

Ou des Productions Végétales spontanées;

Ou des Productions Végétales cultivées;

Ou des Animaux sauvages par la chasse;

Ou des Animaux domestiques par leur garde et leur éducation;

Ou des Poissons par la Pêche soit fluviale, soit maritime, soit des Lacs, soit des Etangs, et cette dernière est une culture.

Ou des Mines et des Carrières par l'exploitation souterraine.

Ou des Mines encore par le lavage des terres et des sables chargés de minerai.

Il n'y a rien de plus que l'on puisse acquérir, distribuer, recevoir, donner, ou prendre.

DIEU *seul est* PRODUCTEUR.

Les hommes travaillent, recueillent, économisent, conservent. —*Economiser* ou *Conserver* n'est pas PRODUIRE.

Celui qui n'a pas recueilli offre *son service*, et demande partage.

Celui qui s'est déjà procuré quelque avance, un *capital*, offre *le service* de son *capital*, qui est un très bel instrument, aux possesseurs ou aux rechercheurs directs *des récoltes*.

Le savant offre sa capacité, ses lumières, son moyen de rendre service et de gagner salaire.

Les femmes présentent leurs charmes, leurs talens, leurs vertus même, leurs bons conseils, leur conversation, leur douce société ; toutes choses d'un grand prix que vous ne comptez pas dans *l'inventaire des richesses* d'une nation, quoique nous les estimions en général *à la moitié* des récoltes, et que j'aie vû un ecrivain qui vantait beaucoup l'influence des danseuses de Paris sur la balance du commerce.

Le partage s'effectue ; chacun fait son gain et en vit. Le service des *capitaux* est payé, et les augmente par *cumulation*.

Le salaire de tous les travaux est acquitté ; les entrepreneurs, leurs ouvriers, leurs serviteurs, et les familles de tous ces gens-là subsistent sur la consommation de ce *salaire* qui est réparti avec la plus parfaite équité par la concurrence, et le prix qu'elle attache volontairement aux capacités diverses.

Cette utile et juste concurrence accorde, assure de plus forts salaires à ceux qui ont le plus de lumières et de talens, qui contribuent le plus au succés du travail. Elle ne donne que ce qui est nécessaire pour vivre à ceux qui n'ont que la plus petite capacité.

Mais cependant à aucun d'eux moins que ne l'exige leur
subsistance quand on les emploie. Il s'en suit que les *sala-*
riés qui ont mérité et obtenu plus que leur nécessaire peuvent
avec de la sagesse et de la prudence faire quelques économies, amasser quelques *capitaux* qui les mettent à portée de
devenir eux-mêmes entrepreneurs de travail, distributeurs
de salaires, ou de tirer un revenu du loyer de ces capitaux à
des entrepreneurs de culture ou de fabriques, et de laisser
cette faculté à leurs enfans. C'est par des économies de ce
genre que la formation de la plus grande partie des *capitaux*
a naturellement commencé entre les mains des salariés qui
avaient légitimement gagné les plus hauts salaires.

Les arts et les métiers que la pluspart avaient exercés
ont *conservé*, ou rendu de *jouissance durable* par des con-
structions ou des fabrications, *la valeur* d'une multitude de
consommations déjà faites, qui jointes aux récoltes nouvelles
et annuelles procurent, non pas du tout *une production*, mais
une très heureuse *accumulation* de richesses, sans qu'à cause
de la durée de cette jouissance il faille estimer le travail du
Maçon, du Drapier, ou du Bijoutier, plus que celui du Cui-
sinier ou du Boulanger qui sont consommés de suite.

Mais entre le salaire des capitaux et celui des ouvriers ou
des simples serviteurs, il y a cette différence que les serviteurs et les ouvriers font nécessairement des *consommations*,
et détruisent ainsi des productions dont la valeur seule entre
dans celle des ouvrages plus ou moins durables qui sortent
de leurs mains ; au lieu que les *capitaux*, quoiqu'ils soient
des instrumens d'une indispensable utilité et que le prix de
leur *loyer* entre aussi dans celui des ouvrages à l'existence
des quels ils ont concouru, ne sont pas des *personnes* et ne
font aucune consommation. De sorte que s'il n'y a pas de
guerres, ou d'autres grandes calamités qui détruisent sur le
fond même des *capitaux* des valeurs plus grandes que celles
de leur *loyer*, il y a *augmentation de richesses ;* non pas encore une fois par *production*, mais par *accumulation* des
intérêts qu'ont fournis les productions des années précé-

dentes, avec le *capital* employé aux travaux de l'année courante : c'est ce qui explique comment toutes les nations, même mal gouvernées, à moins d'affreux pillages de guerre, ou d'absurdes et d'odieux gaspillages de cour, prospèrent et s'enrichissent progressivement, dès qu'elles sont parvenues à se faire une certaine masse de *capitaux*.

Tous les *salariés*, capitaux et hommes, ayant leurs salaires inviolables et garantis par le débat et la concurrence, on ne peut entamer leur portion, leur droit, leur propriété, que par surprise et violence comme font les voleurs de grands chemins ; ce qui n'est convenable à aucun gouvernement. Dans tous les cas d'administration régulière, et quant aux *taxes* sur les consommations, ou sur les travaux, ou sur les loyers, ou sur les personnes, ou sur les revenus soit connus, soit présumés (*income tax*) ils les font payer avec raison et justice et d'une manière inévitable, par leurs *salarians*.

Il ne depend pas de ceux-ci de hausser à cause de cela le prix de leurs récoltes. Car il n'y a pour payer *les récoltes*, que les *récoltes* elles-mêmes, ou directement par échange, ou indirectement par leurs métamorphoses en travail et en objets que le travail a fabriqués, dont les *récoltes* ont fourni les consommations, auxquels elles ont ainsi prêté ou *avancé* leur valeur. Tous les acheteurs sont vendeurs ; tous les vendeurs sont acheteurs ; nul ne peut donner ni offrir plus qu'il n'a. Tous les prix sont donc réglés par le concours des productions et des marchandises que leurs propriétaires apportent au marché.

Les *récolteurs* qui, comme les autres, ont leurs capitaux et leurs travaux payés, ne peuvent pas plus que les autres se passer de ce remboursement. Ils n'ont donc pour acquitter leurs taxes et le rejet de toutes les autres taxes, que la portion de leur revenu qui a été fournie par la bonté de DIEU, et la faculté productive dont il a doué la *nature*.

Quand le produit de cette faculté excédant *le loyer* des *capitaux* et *le salaire* du travail est épuisé, le travail qui rend encore ses fraix peut continuer et une population peut en vivre. Mais il n'y a plus de marge pour les taxes et les contributions. Si l'on tente alors de les continuer, les capitaux sont entamés, ou les salaires restreints ; et comme ils n'avaient que leur part nécessaire, la société dépérit, se ruine : on marche vers l'état sauvage.

Avant d'en arriver là, cette marche funeste s'arrêterait si le premier principe était respecté ; si les nations savaient et ôsaient dire aux Rois, ou aux autres Pouvoirs exécutifs :

" Gouvernemens vous n'avez pas *le droit* de gêner le tra-
" vail, ni de violer les propriétés, nous vous en refusons la
" *puissance*. Nous allons restreindre vos dépenses superflues
" et nuisibles, à commencer par celles de la cour, et conti-
" nuer par celles de la guerre offensive. Nous ne vous pay-
" ons pas pour nous chercher des ennemis qui pourraient en
" représailles nous attaquer à leur tour. Nous ne sortirons
" pas en armes de notre frontière." *C'est à produire de telles harangues que les constitutions représentatives sont propres.*

Mais direz-vous : à quelque degré de pauvreté qu'on soit demeuré, ou d'appauvrissement qu'on soit réduit, il faut cependant quelques dépenses publiques. *Il n'y a donc pas moyen de se passer* D'IMPÔTS.

Il y en a moyen chez les nations neuves que rien ne gêne ; et chez les nations long-tems mal gouvernées qui ont eu, et ont, par cette raison là, beaucoup de mauvais impôts. Leurs erreurs même peuvent faciliter l'amélioration de leur sort.

Ce moyen est d'avoir, ou de se donner, une *Constitution domaniale de finances* qui pourvoie aux dépenses sociales sans attaquer les propriétés des citoyens.

Cette *Constitution domaniale* peut-être effectuée de trois manières, dont deux imparfaites ont eu lieu pendant plusieurs siècles ; et dont l'autre bien meilleure est proposée depuis près de soixante ans par ces *Economistes*, pour qui vous montrez, sans que je puisse en comprende le motif et la raison, tant de dédain et d'antipathie.

La plus anciennement inventée a été la *Constitution doma-*

niale de finances à PARTAGE DE TERRES. C'était celle des Égyptiens.

Vous voyez dans *Diodore de Sicile,* qu'ils avaient donné, ou laissé à leurs Rois ou Pharaons, une partie des terres pour les fraix de leur cour et de leur administration.

Qu'ils en avaient donné une autre à leurs prêtres pour ceux de l'instruction publique, du culte, de la médecine, de l'astronomie, et de l'almanach.

Et que le surplus était aux guerriers chargés de la défense militaire, soit comme milice, soit à titre féodal ; nous ne savons pas bien lequel des deux. Si le gouvernement s'était formé par civilisation, ce devait être le premier cas ; si c'était par guerre et conquête, le second.

Les Rois abusèrent et gaspillèrent, comme font tous les Rois.—Nous voyons par la Genêse qu'ils donnaient des lettres de cachet. Nous voyons encore qu'ayant épuisé leur domaine, ils s'en firent un nouveau par le monopole des bleds, suivant le conseil de ce *Joseph* qui fut un bel homme, non pas un homme de bien, et qu'on n'a point eu honte de compter parmi les grands ministres, pour avoir sacrifié le peuple à l'ambition et à l'avarice du Roi, transformé la milice, ou les seigneurs de fiefs en troupe soldée, et réduit les propriétaires d'alors au rang de *fellahs* d'aujourd'hui. Je ne voudrais pas de sa place dans l'histoire pour l'éclat, la pompe et l'autorité de son visiriat, pour toutes les bonnes fortunes qu'il a eues ou manquées, pas même pour l'établissement de ma famille et de ma nation sur la terre de *Giessen* qui fut vraisemblablement une de celles dont le monarque avait dépouillé ses sujets naturels. Ce gouvernement faisait comme Buonaparte des *dotations* aux dépens d'autrui, et les parens du ministre n'y étaient pas oubliés.

Mais avant ce renversement de la constitution antique, le système Égyptien des finances était assez raisonnable et point onéreux.—La dépense de l'administration générale et du faste royal, serrail compris, ne coûtait rien à aucun contribuable. Le Pharaon en faisait les fraix sur son domaine.

R

Il en a été de même en Europe dans le moyen âge. Charlemagne, ses successeurs, et tous les Rois leurs contemporains ont eu des domaines. Et presque tous, ainsi qu'on devait s'y attendre, en ont été de très mauvais administrateurs. Entraînés par les sollicitations, séduits par la flatterie, ils ont tout donné ou tout laissé prendre à leurs maîtresses, à leur clergé, à leurs courtisans.—C'est l'inconvénient majeur de cette première *constitution domaniale*, surtout sous des Rois ; car il ne serait pas absolument impossible qu'elle se soutînt sous une République, si la fondation était en forêts comme dans le gouvernement des Druides.—Cependant il est clair qu'on y voit ainsi qu'en Egypte un exemple du même *système de finances* ; de celui qui n'exige qu'une concession première, l'abandon une fois fait d'un territoire, lequel devient une *propriété publique* et dispense de demander aucune contribution aux propriétés particulières.

La seconde CONSTITUTION DOMANIALE *de finances* fut celle des Hébreux ; elle était A PARTAGE DE FRUITS ou de produits bruts.

Leur clergé fut plus habile, on serait tenté de dire plus *juif* que celui des Egyptiens. Il ne formait que *le douzième* de la nation, et se fit donner le *dixième* des récoltes. Mais ce qui fut plus excessif, il se fit donner ce dixième de toutes les récoltes de fruits et d'animaux, exempt des *frais de culture*. Les prêtres Egyptiens avaient payé ceux de la culture de leurs terres. Moyse et son frère Aaron, affectèrent le désintéressement, en renonçant pour leur tribu à prendre part dans le territoire du pays conquis, et n'en demandant qu'une dans les fruits. Il n'est point étonnant que la nation, éblouie par le plaisir de posséder les champs, les jardins, les maisons, y ait été trompée, et n'ait pas sû discerner dans les récoltes le remboursement des *dépenses productives* d'avec le *produit net*, puisque vers la fin de ce qu'on appèle le *grand siècle* et le *grand règne*, il y a environ cent ans, notre bon et sage *Vauban* n'en avait encore aucune idee. (En passant, un petit salut au *medecin* QUESNAY, mon cher Say.)*—Revenons aux Hébreux.

Les *fraix de culture* estimés par approximation au double du *produit net*, la tribu de Lévi, douzième de la nation Hebraïque eut donc le tiers du revenu territorial de la Judée, outre les *prémices* et les *oblations* que se réservaient les *prêtres* pour les sacrifices et le service du tabernacle ou du temple ; et la plus grande, la meilleure partie de la viande des victimes qui servait à la nourriture du clergé officiant : car les simples Lévites n'étaient pas encore des Prêtres ; ce n'étaient que des candidats à la prêtrise, et à la profession de *scribes*.

Ce système de finances a été suivi par notre clergé Chrétien ; et après la Réforme de Luther par les princes de la Confession d'Augsbourg ainsi que par les cantons protestans de la Suisse et par la Hollande.

Il est horrible parcequ'il répartit l'impôt, ou ce qui en tient lieu et qui l'épargne, en autant de proportions différentes qu'il y a pour chaque terre de plus ou moins grands degrés de fertilité, qui nécessitent de plus ou moins grands fraix de culture pour produire une récolte égale en masse totale.

Il est horrible parcequ'il condamne à la sterilité toutes les terres dont le produit net est inférieur au dixième de la récolte.

Il est horrible parcequ'il accumule les pailles entre les mains des prêtres, ou des agens du gouvernement, qui ne peu-

---

* L'ignorance sur ce point a été tellement prolongée que, trente ans après Vauban, un ministre bien intentionné faisant rédiger une nouvelle instruction pour la perception des vingtièmes, et sentant confusément que le vingtième du *revenu net* ne devait pas être tout à fait égal à celui du *produit brut*, ordonna d'en retrancher les fraix de *moisson et de battage*.

Il avait été à la campagne ; il avait vu battre du bled et payer des moissonneurs. Son âme était très équitable. Son esprit n'était que de très peu plus éclairé que les autres esprits de la France et de l'Europe. On comptait les dépenses du labourage pour *zéro ;* l'achat des chevaux, des charrues, des charrettes, des autres instrumens pour *zéro.* L'epandage des fumiers pour *zéro ;* le paiement et la nourriture des domestiques et des ouvriers pendant un an et plus d'un an, car la récolte engrangée n'est pas encore vendue, pour *zéro,* &c.

Un second salut à *Quesnay,* je vous en prie.

vent les vendre qu'aux riches : ce qui tend à augmenter l'inégalité des fortunes, en améliorant toujours les terres des citoyens opulens, amaigrissant toujours celles des indigens privés de la restitution de leur engrais naturel.

Mais toute horrible qu'elle est, cette pernicieuse et inique dixme, une fois établie, n'entre plus dans les héritages, ni dans les achats, ni dans les ventes : le prix des terres se règle par leurs *produits nets*.

Personne ne peut dire que lui, ni ses ancêtres, aient ou eussent acquis une dixme instituée depuis mille ans. Elle ne coûtait rien du tout, lors de l'assemblée constituante à aucun des propriétaires de terres en France. Elle rapportait *quatre-vingt dix millions* de rente nette au clergé ; ses frais de perception étaient un tiers en sus ; elle prenait *cent vingt millions* aux récoltes. En la déclarant volontairement rachetable au profit de l'Etat, à mesure de la vacance des bénéfices, cette assemblée qui réunissait tant d'hommes de beaucoup d'esprit en aurait tiré *trois milliards*, dont la rente d'un seul aurait suffisamment, noblement doté les membres utiles du clergé. Le surplus aurait beaucoup plus que couvert le *déficit :* il aurait remboursé les dettes de l'état. Il n'y aurait eu ni révolution, ni assignats, ni guerre. L'assemblée repoussa cette proposition de se borner à rendre les dixmes rachetables, et je fus *hué* pour l'avoir faite. Cela entre encore dans mes profonds chagrins.

Ce n'est pas d'eux dont il est ici question. Nous discutons trop tard la théorie et les principes d'une science très importante, pour laquelle vous avez l'étoffe d'un grand-maître.

Ces principes disent avec évidence que la dixme abolie en France, il y a vingt cinq ans, était un second exemple établi dès le tems de Moyse, renouvelé sous Charles le Chauve, d'un vaste moyen de finance, qui, lorsqu'il a été abandonné, ne coûtait rien à aucun propriétaire Français, puisque le produit qui la soldait n'avait été acquis, ni hérité par qui que ce fût.

La troisième *Constitution domaniale de finances* serait à PARTAGE DE REVENUS.

La proportion de ce partage doit être fort différente suivant les localités générales des corps politiques qui peuvent rendre leurs besoins publics plus ou moins dispendieux.

Il se peut qu'en Hollande, où le pays lui-même ne subsiste que par artifice, avec des frais énormes pour l'empêcher d'être inondé, le tiers des revenus nets ne donnât rien de trop pour la République.

D'autres pays pourraient y suffire avec le dixième seulement. Des observations aussi exactes qu'il soit possible de les faire, et des calculs très soignés indiquent qu'en France il faudrait le cinquième qui pourvoirait à tout, même au remboursement successif de la dette.

Cette dotation de l'etat ne doit rien prendre sur *le loyer des capitaux*, parceque les *capitaux* et le *travail* étant les coursiers qui traînent le char de la société, on ne peut pas laisser trop de liberté à leur allure, ni une trop forte rétribution à leurs services que la concurrence règle toujours au plus juste prix ; et encore parceque la nature des choses leur assure toujours la faculté de s'indemniser de toutes les charges qu'on a pû prévoir ; et qu'ils sont invulnérables, tant qu'on ne les attaque pas a l'improviste, à la manière des brigands. Et enfin parcequ'on ne peut, même en ce cas leur porter atteinte, sans violer tous les contracts et sans faire varier tous les prix à l'énorme dommage de la société et de l'humanité entière.

Dans la *Constitution domaniale de finance* A PARTAGE DE REVENUS la Nation, la République ou son Gouvernement sont des propriétaires comme d'autres : aucune valeur n'est influencée ni changée. Le public entre dans le nombre des *récolteurs*, et distribue sa part de la récolte ainsi que les autres *récolteurs* propriétaires comme lui. Il ne prend rien sur personne, puisque tous les *capitaux* et tous les *services* ont avant lui prélevé leur part légitime et complette.

Ce partage du public dans les *revenus nets* de la terre, de

la pêche, et des mines ou des carrières, n'interdirait la culture
d'aucune terre ; car celles qui ne rendent que leurs fraix, et
qu'il est cependant très bon de cultiver, puisqu'elles produisent la subsistance des cultivateurs, celle de leurs salariés
industriels, et l'intérêt des capitaux qu'on y a consacrés,
n'auraient cependant *rien à payer*, ne donnant point de revenu
au delà de ce *salaire* et de cet *intérêt*.—Le revenu du gouvernement ne serait pas *une contribution* à prendre sur le propriétaire de la récolte que celui-ci régirait à la fois, et sans
augmentation, de peine pour l'état et pour lui-même : pas plus
que, dans une succession *par indivis*, la part des cadets n'est
une contribution de leur frère ainé administrateur général,
duquel la seule portion exigerait le même travail ; pas plus
encore que le bien *d'un mineur* n'est une contribution de son
tuteur qui touche et lui rend son revenu.

Elle n'aurait rien d'injuste, puis qu'aucun *produit net* n'y
entrerait dans une plus forte proportion qu'un autre.—L'idée
d'en exempter les *produits nets* qui n'excéderaient pas la dépense nécessaire au propriétaire, quoiqu'ayant été mise en
exécution à Athènes, et applaudie par Montesquieu ainsi que
par vous, jetterait dans les plus grandes difficultés à cause de
l'évaluation du nécessaire qui n'est pas le même pour toutes
les capacités, et qui dépend de la nature des services comme
de l'indemnité des diverses avances. Elle n'associerait pas
la République à toutes les cultures donnant *produit net*.

Les propriétaires fonciers trop pauvres pour vivre de leur
revenu territorial, ou qui ne s'en contentent pas, doivent se
mettre, et se mettent par tout, dans la classe des *salariés*,
pour le surplus de leurs dépenses, on n'a pas besoin de les
y exciter.

Chez les nations neuves et dont le pays est encore désert,
les besoins publics ne sont pas très grands ; et la concession
en forêts situées de place en place vers les bords des rivières
ne peut éprouver aucune difficulté. Elles prendront de la
valeur à mesure que la société et la population feront des
progrès. On y peut de même faire en terrein la fondation

des routes et des canaux, des hopitaux s'ils sont nécessaires, des collèges qui le sont certainement.

Dans les pays mal gouvernés, les mauvaises impositions abondent, et les pertes qu'elles causent aux propriétaires du sol, sont si grandes qu'il y aura toujours soulagement à les traduire en constitution domaniale de finances à PARTAGE DE REVENUS.

M. Neker, ni les Anglais, n'ont calculé juste, ni même approximativement, ce que coûtent ces détestables impositions sur les consommations, sur le travail, sur le commerce.

Le salaire des percepteurs, ils l'ont compté. Le trouble, l'interruption du travail et des transports, la violation de domicile, la gêne, les vexations, les procès, leurs poursuites, leurs fraix, les amendes, les emprisonnemens, les indemnités de tout cela, et la cumulation perpétuelle de l'intérêt des intérêts et des commissions sur les commissions qui se renouvellent à chaque remboursement de remboursement, et qui ont lieu depuis le premier contribuable arrêté dans son travail, gêné dans sa dépense, jusques aux producteurs et aux distributeurs des récoltes qui doivent en définitif acquitter tout ce qu'on a enlevé ou fait perdre aux *salariés*, aux consommateurs, ou aux capitalistes : voilà ce que les ministres n'ont jamais connu, ce que plusieurs d'entre eux n'ont pas voulu connaître, ce dont on n'a jamais rendu compte aux nations.

Je vais vous en donner un exemple funeste.

Pour juger les conséquences des violations de droits et des interruptions de commerce, il faut partir des tems paisibles où quelque chose était assuré.

En 1784 après la paix de 1783, la valeur de la récolte des vins, des cidres et des poirés, de ce qu'on faisait de bière et d'esprits ardents, était en France de *neuf cent millions* par année. Après le traité de 1786, elle s'éleva *jusqu'à un milliard*.

Les guerres qui suivirent la dérangèrent un peu ; mais

lors de la paix d'Amiens, les *neuf cent millions* y étaient encore.

Buonaparte a soumis toutes ces boissons aux *droits réunis*. Les maux qui en sont résultés ne doivent cependant pas être entièrement attribués à cette fâcheuse et vexatoire imposition. Vous êtes plus que personne capable d'évaluer la part que l'interdiction du commerce extérieur y a certainement euë, et que je suis loin de nier.

Le caractère de Buonaparte ne pouvait pas être retenu par l'injustice de faire payer double impôt à de certaines cultures, d'exiger sur *mille écus* de revenu en vignes qui avaient acquitté et continuaient d'acquitter leur contribution territoriale, beaucoup plus que sur *mille* autres *écus* de revenu en prés ou en céréales. Ces choses là n'étaient pour lui que des bagatelles de nulle considération.

Il a monté une régie très dispendieuse; et après y avoir employé une armée de commis, il en a tiré outre leurs salaires un revenu de *cinquante à soixante millions*.

Qu'est-il arrivé?

La récolte des boissons, dont les vins de table et les cidres font presque la totalité, et qui semble spéciale à la France, vaut à peine aujourd'hui *cinq cent millions* d'une monnaie qu'on peut regarder comme très affaiblie comparativement au prix des services et des salaires.

On a perdu *quatre cent millions* de productions annuelles qui feraient vivre *cinq cent mille* familles, et offriraient *cent soixante six millions* de produit net, lesquels par la constitution domaniale de finance la plus convenable à notre pays, auraient fourni sans vexation et sans ruine, *trente trois millions* de revenu public.

Les *quatre cent millions* de produits ou valeur de produits annuels avaient d'autres conséquences; ils entraient dan la masse générale des moyens d'acheter les autres produits. Ainsi *quatre cents* autres *millions* en autres productions, se sont trouvés sans débit ou dans la nécessité de baisser leur prix de la somme que les acheteurs n'ont pû offrir, ne peuvent plus payer.

Cette perte de reflet n'a pas été toute entière sur les productions nationales ; une partie en est tombée sur des productions étrangères.—Nous supposerons, et cette supposition sera trop forte, que la portion des marchandises étrangères qui en a éprouvé l'effet, se sera montée à *cent millions.* Vous avez très bien observé que dans ces sortes de calculs, l'exactitude des principes est *tout* : celle du fâit *presque rien.* Passons donc à *cent millions* la perte essuyée par les productions étrangères. L'interdiction du commerce étranger y a eu, en effet, une part notable ; mais il est certain que notre nation consomme plus des trois quarts de ses boissons, *en quantité,* ce dont personne ne doute, et même en valeur.

La perte de *quatre cent millions* sur la quantité et la valeur des récoltes dont les boissons étaient l'objet, en a donc produit une autre de *trois cents millions* en moins, sur la valeur de nos autres récoltes.

Ces *trois cent millions* servaient aux jouissances de *trois cent soixante quinze mille* familles, qui, comme celles des vignerons ont marché ou marchent vers l'extinction, par les privations et par la misère.

Les *trois cent millions* de récoltes diverses qui ont souffert de cette calamité donnaient *cent millions* de produit net, dans lesquels, suivant la Constitution domaniale de finance réclamée par les Economistes, la part de l'Etat se serait montée à *vingt millions.*

Total *cinquante trois millions* de revenu qui auraient été à la disposition du gouvernement, et ont été perdus, dont Buonaparte a tari la source pour s'en procurer *cinquante,* applicables aux guerres d'Espagne, d'Allemagne et de Russie, et détourner des travaux utiles, outre les *quatre cent mille soldats* constamment occupés, toujours renouvellés dans ces guerres qui les dévoraient annuellement, *quarante* ou *cinquante mille* autres hommes robustes et même assez instruits,

et les occuper, les porter aux travaux vexatoires de la per-
quisition et de la perception.

C'est pour cela que ce prince a diminué de *deux cent treize
millions* le revenu disponible des propriétaires de Biens fonds,
et de *quatre milliards* ou d'un *dixième* le capital de la valeur
des terres de la France, en altérant le bonheur de plus de
huit cent mille familles, et les conduisant à l'annihilation par
une infortune croissante.

Aviez-vous songé à tout cela? Ne convient-il pas à *Jean
Baptiste Say* d'y songer très sérieusement? Ne méprisez
plus les Economistes.

Se peut-il que vous en soyez encore à dire et à croire,
mon cher ami " qu'il y a dans ce genre d'imposition l'avan-
" tage de dissimuler l'impôt en le confondant avec la jouis-
" sance." Ainsi disaient les *fermiers généraux* et même la
plûpart des Contrôleurs généraux.

Mais quel conseil à donner aux Rois par un philosophe?
" *Dupez votre peuple ; séduisez et trompez son opinion ; afin
" de prendre plus aisément son argent.*"

Mon cher SAY, le peuple n'est pas dupe de cet argument
de cour et de bureau. Il peut se faire quelque illusion sur
ce qu'il y a d'impôt réel dans ces jouissances qu'il achète si
cher; mais l'inquisition, mais les vexations, mais les procès verbaux et non verbaux, et les amendes, et même les
accommodemens ne lui laissent aucun doute. Il a si bien
jugé *votre impôt,* quand vous le croyiez habilement *dissimulé,*
que ces odieux *droits réunis* ont produit en une seule année
deux des plus grandes révolutions Françaises : celle qui dans
l'espoir de la destruction des *rats de cave* a détrôné Buonaparte, et celle qui dans le désespoir et le courroux de ce
qu'une opération si désirée n'était pas complète, lui a rendu
la couronne.—Les deux aventures ne sont pas indifférentes
a notre correspondance ; car ce sont elles qui font que ne voulant pas être exposé, comme une courtisane, ou comme un
courtisan, à passer en un jour d'une main à l'autre, je vous
écris sur le pont du *Fingal,* allant en Amérique faire pour

l'institut le second volume des *Mémoires sur différens sujets*. Il n'est pas certain que celui-ci en fasse partie ; mais il est constant que nous sommes obligés vous et moi d'être un peu plus intruits que les Lords de la trésorerie et le Chancelier de l'echiquier d'Angleterre.

Vous devez donc reconnaitre avec moi tous les avantages d'une *Constitution domaniale de finance à* PARTAGE DE REVE-NUS ; et je conviendrai avec vous que son établissement dans l'état actuel de l'Europe demande quelques mesures de prudence ; mais je vous montrerai aussi que la difficulté n'est pas extrême et ne passerait certainement point vos forces, puisqu'elle ne serait pas au dessus même des miennes.

Il n'est aucune des nations actuelles qui joignant à ce que lèvent sur ses récoltes ceux de ses revenus publics dont la perception n'est pas aggravante, et ne viole la liberté d'aucun travail, ni d'aucun commerce, *une partie* seulement de ce que rejettent sur les propriétaires de ses terres, de ses carrières, et de ses mines, les *capitaux* attaqués, les *travaux* et le commerce interrompus, et leurs indemnités cumulées d'intérêts et de commissions, ne pourvût, avec beaucoup de soulagement pécuniaire et encore plus d'adoucissement dans les peines morales, à tous ses véritables besoins sociaux.

De sorte qu'on peut toujours dire à ses propriétaires : " Voulez vous que votre propriété soit soulagée, et passer " avec le corps politique que vous formez vous-même, un " contract par lequel lui et vous serez associés à perpétuité " pour le partage du *produit net* quand il y en aura, et selon " ce qu'il y en aura, vous réservant une plus forte part que " celle dont vous avez joui jusqu'à ce jour, et lui en laissant " moins qu'on ne vous en avait pris en son nom, à votre très " grande perte, et sans qu'il en profitât ?"

Il est clair qu'il ne profite ni des gages de ses percepteurs inutiles, ni des fraix litigieux et des rigueurs de la perception, ni de la portion des impositions indirectes qu'il est obligé de rembourser lui même à tous ses employés; car il est le plus grand des *salarians* et des *consommateurs*.

Un tel contract proposé par un gouvernement ne pourrait être refusé par aucune assemblée représentative un peu raisonnable, ni être quelque tems discuté en public, sans ramener et fixer l'opinion.

Cependant il suffirait d'en poser le principe, et d'en commencer l'exécution sur les branches les plus vexatoires des mauvais impôts, sans trop se hâter de la rendre complette en les embrassant tous à la fois.

On doit penser que tout ce qui a été pris aux *salariés*, tant hommes que capitaux, et qui est passé comme *fraix légitimes* de tous les travaux, leur est remboursé par les cultivateurs et les propriétaires distributeurs des récoltes; et que les propriétaires tenant compte aux cultivateurs de tous les fraix de leurs *co-salariés*, ont, il est vrai, acquitté la totalité de ces impositions indirectes par un produit net, *qui existe* puisque les travaux continuent; mais que ce produit actuellement *inostensible* se manifesterait graduellement par l'effet de la concurrence entre les *salariés*, capitaux et hommes, à mesure que les fraix, les salaires et les capitaux seraient déchargés des *taxes* qu'on leur a fait supporter provisoirement, à la charge des remboursemens qu'ils ont constamment reçus.

La sagesse veut donc que l'on marche sans précipitation dans l'opération réparatoire; qu'on évite de donner de trop sensibles secousses aux prix des choses, des loyers d'argent, des salaires d'ouvriers; qu'on se borne d'abord à desserrer, les liens les plus désagréables et les plus onéreux; qu'on laisse les produits nets cachés et masqués redevenir *visibles*, et tourner au profit de l'Etat comme à celui des propriétaires du sol, selon la proportion, toujours plus avantageuse à ceux-ci qu'aura déterminée la *Constitution domaniale de finances à* PARTAGE DE REVENUS qui aura été adoptée.

Voilà ce qu'ont fait pendant vingt six ans à commencer par Trudaine le père, continuer par son digne fils, passer par l'éternellement admirable Turgot, et suivre encore depuis lui jusqu'à la révolution, les sages administrateurs auxquels vous accordez à peine la qualité de *bons citoyens*, et qui malgré ce que vous en pouvez penser, ou dire, seront des philosophes mémorables.

Quand, à la paix de 1763, leurs principes sur l'administration du commerce ont commencé à prévaloir et à le protéger contre les rapacités de la finance, les dénombremens de M. M. de Mezance, de la Michaudière et de l'abbé Expilly, n'indiquaient en France que *vingt deux millions cinq cent mille* habitans : je crois que ces apperçus étaient un peu au dessous de la réalité. Ceux de M. Necker allaient à *vingt cinq millions*. Et, quoique depuis son travail la guerre d'Amérique eût eu lieu, il est constant que l'assemblée constituante en a remis plus de *vingt sept millions* à l'assemblée legislative.

Je vous composerais une intéressante bibliothèque de tous les Edits, les Déclarations, et les Arrêts du conseil rendus de 1763 à 1789 par mes amis, et à la plûpart desquels ils m'ont permis de coopérer ; la bibliothèque serait plus belle si l'on y joignait les mémoires qui ont préparé et motivé ces loix salutaires.

Vous êtes trop jeune pour avoir vû cela, et même pour en avoir bien entendu parler.

Dans votre inconcevable animosité contre les Economistes, vous dites que l'assemblée constituante *rebattue de leurs principes* avait mis trop *d'impositions directes*. (A moi *la tape ;* et à moi tout seul, car j'étais le seul Economiste de l'assemblée ; il n'en restait alors en France que *Morellet, Abeille,* M. *Germain Garnier* et *moi*.) Vous ne savez pas qu'à l'assemblée constituante, dès qu'il était question de commerce ou de finances, on commençait toujours par une satyre et quelques violentes invectives contre les *Economistes*. Il est vrai qu'elle finissait ordinairement par prononcer le décret conformément à leurs principes. Je suis obligé d'en rendre hommage *à la raison ;* car nul que moi n'avait parlé pour mes conclusions, et je ne peux pas me dissimuler que j'ai plus de *raison* que

de *talent ;* que je n'ai aucun talent pour les mauvaises causes ;
que j'en ai beaucoup moins que je ne voudrais pour les bonnes.
Je n'ai point *rebattu ;* j'ai *combattu ;* c'était mon serment et
mon devoir.

Mais, cher Say, vous êtes sur ce point autant *inexact*
dans le fait qu'humoriste dans l'expression.

Les dixmes rendaient au clergé . . .	90 millions net.
Leurs fraix de perception en côutaient .	30
Les cens et autrés droits féodaux en ren-	
daient aux seigneurs	50
Leurs fraix très litigieux ne pouvaient	
être au dessous de	5
La taille en percevait net	108
Et ses accessoires également nets . .	33
Les fraix de ces deux impôts	7
Les vingtièmes	54
Leurs fraix , ...	2½
La capitation , ...	25
Ses fraix	1½
Ce qu'il y avait d'impots directs dans	
les pays d'Etats	30
Total	436
Et la *gabelle forcée* que j'oubliais, devenue	
dans plusieurs provinces un impôt di-	
rect	18
Total véritable	454
L'assemblée constituante à mis la con-	
tribution foncière	300
La mobiliaire	60
Et malgré ma vive resistance, les *patentes*	
pour *vingt* qui n'en ont rendu que .	16
Les fraix de tout cela au plus . . .	19
Total	395
Soulagement réel	59
Total pareil	454

Vous voyez, mon cher Say, que, si je n'étais pas avant tout un fort bon homme, il me serait tolérable d'être un peu faché.

J'ai engagé l'assemblée à réformer la gabelle ; les aides, la marque des fers, la marque des cuirs, qui avait détruit nos tanneries, les droits sur les papiers et cartons qui nous avaient enlevé la fabrication et le commerce des cartes à jouer et la fourniture des papiers d'imprimerie pour l'etranger ; enfin les droits d'entrées des villes et bourgs, et le monopole du tabac. Laquelle regrettez-vous de ces sales guenilles ? par quelle autre de semblable étoffe auriez-vous trouvé bon de la suppléer ?

Par rapport à la *marque des cuirs*, que je soupçonne qu'on va vouloir rétablir, comme on en a déjà été tenté il y a dix ou douze ans, je charge Mme. Du Pont de vous envoyer *le rapport* que j'ai fait à ce sujet en 1788.—Vous y verrez avec quel soin et quel scrupule travaillaient ces *Economistes,* Conseillers d'Etat du Roi Louis XVI, et depuis du Roi Louis XVIII, qui régnerait encore s'il eût bien voulu n'être que *Louis Stanislas* et s'il n'eût pas eu pour ses ministres la faiblesse de conserver vos chers et abominables *droits réunis.* Vous y verrez quelle laborieuse et attentive conscience nous apportions à l'examen des questions qu'on nous avait soumises.—Si nous n'avons été que de pauvres *bons citoyens,* Dieu veuille vous accorder beaucoup de collègues semblables dans le service des gouvernemens auxquels vous serez attaché.

Quant aux *octrois* ou droits *d'entrée* dans les villes, je vous dirai une anecdote ; les vieillards aiment à raconter.

Ces droits entraient pour *quarante millions* dans les revenus de l'ancien gouvernement qui les avait étendus jusques aux bourgs et aux gros villages, d'après votre principe de *confondre l'impôt avec la jouissance* ou la consommation.

Le comité des contributions ne voulait pas renoncer à une branche de finances que l'on regardait comme si *productive :* je m'étais opposé fortement à sa proposition.

L'assemblée constituante avait crû tout arranger en dé-
crétant : 1°. *Qu'il y aurait des droits d'entrée dans toutes les
villes closes* dont la plus forte partie au profit du gouvernement et versée au trésor public. 2°. *Que Du Pont de Nemours
en rédigerait le projet,* puisqu'y trouvant beaucoup d'obstacles et de difficultés, il mettrait plus de soin qu'un autre à
les adoucir et à les lever.

Il était dans mon caractère de REFUSER NET *cette mis-
sion.* Mais je songeai qu'à mon refus quelque *échappé* de la
régie générale saisirait cette occasion d'accabler sans règle
et sans mesure le commerce des productions, et de passer pour
un grand financier, parceque son travail produirait beaucoup
d'argent, détruirait beaucoup de richesses.

Je me mis donc à l'ouvrage. Je fis entrer dans mon plan
tout ce que je pus de prévoyance et de précautions pour qu'il
fût en lui-même le moins vexatoire qu'il serait possible, et ne
fût applicable aux différentes villes que selon la force et la
richesse ou la pauvreté de leur population, la nature de leurs
consommations, de leur commerce et de leurs mœurs. Jamais je n'ai eu de tâche si difficile. Je voulais que si l'opération était exécutée, comme j'avais tout lieu de le craindre,
les remords fûssent pour l'assemblée et qu'il ne m'en restât
que peu ou point de personnels.

Mais extrêmement affligé de *la chose surtout,* et aussi de
ce que mon nom s'y trouverait lié, le jour où il fallait pré-
senter mon rapport à la tribune, j'y improvisai une préface
où j'exposai avec bonheur : 1°. L'injustice d'imposer sur des
marchandises de même nature, dont la qualité plus ou moins
précieuse ne pourrait être distinguée, des *taxes* qui seraient
légères sur la consommation des *riches,* laquelle est toujours
dans les meilleures qualités, *pesantes* sur celle des pauvres
qui ne peuvent atteindre qu'aux qualités inférieures ; 2°. *l'injustice* non moins grande à qualités semblables, de faire
payer *la même taxe* aux productions nées sur un terrain favorable et donnant à peu de frais *un gros revenu,* et celles
qui produites par un terrain ingrat avaient exigé de si grandes

dépenses qu'à peine leur valeur suffit-elle à les rembourser,
et qu'il ne reste à leurs producteurs AUCUN ou *presque aucun*
REVENU: ce qui ferait abandonner la culture, cependant très
utile en elle-même, des mauvais terreins. J'appuyai, 3°. sur
les *bornes invincibles des moyens de payer*, telles que dans
l'impossibilité de faire dépenser à aucun homme un seul écu
de plus qu'il n'a, le consommateur dont on veut charger la
consommation n'a d'autre ressource que celle de *consommer
moins*, ou celle de *mésoffrir sur les prix:* ressources qui l'une
et l'autre rejettent la *taxe* et les fraix qu'elle exige sur les
vendeurs des productions taxées.

J'ajoutai (et je crois bien que ce fût la partie la plus per-
suasive de mon discours) que l'opération serait désagréable
à nos commettans d'un bout de la France à l'autre; que partout on avait brisé les barrières des villes; qu'en les réta-
blissant nous passerions pour des *contre-revolutionnaires*.
Et je finis en déplorant mon sort d'avoir été forcé par le
décret impérieux de l'assemblée, *de prodiguer mon tems et
mes efforts, de prêter ma plume contre mon opinion formelle et
declarée, pour une opération si contraire à mes principes, à
mes lumières, à mon* DEVOIR, AU VOTRE MESSIEURS ! mes
derniers mots furent: JE VOUS DONNE PLUS QUE MA VIE!

J'étais vivement ému; je versais de grosses larmes:
mon émotion gagna mes collègues de tous les partis. Presqu'unanimément ils me défendirent de lire le projet, et aban-
donnèrent leur entreprise.—Jugez de ma joie !

Si j'ai eu des peines de toutes les couleurs et de toutes
les intensités, elles ont été compensées par des plaisirs de
toutes les espèces et de tous les dégrés de délices. *J'en ai
vécu!*....J'en vis encore, Say, au milieu des tempêtes, du mal
de mer qu'elles causent, de la fuite si odieuse à mon courage,
de l'exil si pénible pour mon cœur: les yeux ruisselant
d'avoir laissé, d'avoir laissé malade, la meilleure et l'une des
plus nobles femmes que DIEU ait créées, de laquelle il a
daigné me gratifier. Mais espérant la rejoindre ou être
rejoint par elle, et en sa douce compagnie, quelquefois avec

T

ses conseils, de parvenir à ce que le travail qui me reste à faire soit plus utile au monde que ceux qui m'ont tant occupé, d'arriver peut-être à rendre les fruits de ma vieillesse supérieurs en bonté à ceux de ma jeunesse et de mon âge mur.

J'ai donc contribué autant que je l'ai pû, par mes rapports, par mes raisonnemens, par mes vœux, aux résolutions que l'assemblée constituante a prises pour repousser presque tous les impôts qui auraient gêné, vexé, tourmenté le travail ou le commerce. Est-ce de cela que vous me blâmez, mon ami ? J'ai conservé, ou sur mon avis elle a conservé *l'enrégistrement* parcequ'il donne aux actes une date authentique, et que pour son payement c'est le contribuable qui va chercher le percepteur, non le percepteur qui poursuit le contribuable.

J'ai conservé, ou sur mon avis elle a conservé *les postes,* parceque si leur service côute au delà de ses frais, son utilité pour le commerce et les consolations qu'il donne à l'amitié sont si précieuses, qu'il n'y a personne qui ne les payât volontiers vingt fois plus cher, si la poste n'existait pas.

J'ai resisté et je m'opposerai toujours *à la vente des forêts ;* parcequ'elles ne sont pas *un impôt ;* parcequ'elles sont *une Propriété publique* qui ne demande rien à aucune propriété privée ; parcequ'elles entrent essentiellement dans une *Constitution domaniale de finances,* et qu'elles doivent partout en former le premier chapitre.

Les *Constitutions domaniales des finances,* soit à partage de terres tel que celui qui assure la conservation des forêts nationales, soit *à partage de revenus* tel qu'il faut s'y déterminer quand les forêts ne suffisent pas, ont sur tous les autres moyens de pourvoir aux besoins des sociétés politiques, deux avantages particuliers qu'on ne peut trop estimer, outre celui de ne pas attenter aux propriétés ni à la liberté des citoyens. Le premier de ne mettre aucune division d'intérêts entre le gouvernement et la nation, d'y mettre au contraire une union intime.

Le second de ne donner, ni lieu, ni motif à la corruption

vénale des assemblées représentatives ou des corps délibé-
rans.

C'est une idée étroite et hargneuse que celle des Anglais ;
*qu'il faut régler tous les ans la somme qu'on voudra bien ac-
corder au gouvernement et se réserver le droit de refuser l'impôt.*—C'est une apparente *démocratie*, ou plustôt une *déma-
gogie* tellement exagérée qu'elle se détruit elle-même, et se
réduit à une vaine et illusoire menace qui ne peut jamais
être réalisée. Car aucun homme de tête, ni aucun homme
de bien ne voudrait prendre sur lui de suspendre tout-à-coup
le service public, et de paralyser la société. Mais de cette
idée sans fondement, sans possibilité d'exécution, naissent
inévitablement deux partis dans la représentation nationale
et même dans la nation : celui de la cour ou du ministère qui
demande, et celui de l'opposition réelle, ou simulée, ou prétendue qui conteste et feint de refuser à la cour, ce qu'il finit,
toujours par accorder.

Ces deux partis fomentent une multitude de haines privées, et divisent jusques à l'intérieur des familles. La division et la haine sont de mauvais ingrédiens de société.

Et le plus grand mal, c'est la corruption générale qui
en est la suite. On sent que le gouvernement voudra toujours avoir la majorité dans les deux chambres ; et les talens
les plus distingués songent à se faire remarquer pour être à
l'enchère. C'est la fleur de la nation qui se pourrit. On
ambitionne d'entrer au parlement, non pour servir réellement
la patrie, mais pour faire du bruit, payer les dettes et continuer les vices de sa jeunesse, se vendre et s'enrichir par ce
houteux commerce. On ne refuse au Roi, ni aux ministres
aucun moyen de l'entretenir. Des hommes nés pour être
très grands en ont été souillés.

Comment la nation garderait elle une vertu, une délica-
tesse que ses plus célèbres représentans affectent et abjurent.

Ce virus cancéreux n'a point encore atteint les *Etats Unis
d'Amérique.* Ils en sont préservés en partie par le peu de
durée de leurs magistratures. Ils en seraient garantis à ja-

mais s'ils s'étaient donné *une Constitution domaniale de finance à* PARTAGE DE REVENUS ; et ils auront à y penser sérieusement quand leur projet de se rendre indépendans de l'Europe par l'établissement des manufactures les plus généralement utiles, aura fait tomber le produit de leurs douanes au dessous de leurs besoins politiques.

Il suffit pour l'établissement de cette *Constitution domaniale* qu'elle pourvoie d'abord à ce qui est le plus strictement nécessaire. Et il ne faut pas s'inquiéter de ce que l'accroissement successif des *produits nets* et des richesses augmentera toujours le cinquième, ou le sixième, ou le huitième assigné à la République, en même-tems que les quatre cinquièmes, cinq sixièmes ou sept huitièmes réservés aux propriétaires des récoltes. Il est très avantageux que la République s'enrichisse dans la même proportion suivant laquelle elle a été associée à ses membres.

Le nombre des institutions utiles est illimité. Il suffit qu'elles soient proposées chaque année aux trois branches du gouvernement représentatif, et qu'elles en soient approuvées. Il n'y aura plus ensuite qu'à leur en rendre compte tous les ans. Jugez combien de chemins et de canaux sont à faire, de découvertes à encourager, de progrès des sciences à récompenser, de moyens d'instruction à multiplier. Songez qu'il faudra un jour que chaque village ait un *professeur et une bibliothèque.*

Il est surtout de la plus grande importance qu'il y ait beaucoup de dépenses sociales qu'on puisse suspendre sans inconvénient dès que vous serez attaqués par une puissance étrangère, et qui donnent un *fonds de guerre* à opposer aux conquérans, dès qu'ils oseront proférer une menace.

Alors vous n'aurez pas la guerre ; et vous aurez constamment la richesse, la population, la liberté, le bonheur.

Je crois vous entendre me dire : " Mais quand on aura " compris que votre *Constitution domaniale de finances à* PAR- " TAGE DE REVENUS est la plus utile manière de pourvoir " aux besoins publics, lorsque les forêts n'y suffisent pas, et

" la seule qui ainsi que les forêts ne soit onéreuse à aucun
" propriétaire et aucun travail ; quand on l'aura déterminée
" au dixième, ou au huitième, ou au sixième ; ou au cinqui-
" ème des *revenus nets*, comment connaitra-t-on la somme
" *en monnaie* à laquelle se montera cette portion aliquote
" des revenus ? Et qui en effectuera le payement au trésor
" de l'Etat."

La somme *en monnaie* sera connue par les déclarations
des possesseurs qui la connaîtront fort bien, puisqu'ils régi-
ront le tout pour eux mêmes et pour la République, et à la
sincérité desquels on inspirera un grand intérêt. Elle sera
constatée par le prix des baux, par les contrats de vente et
d'achat, par les effets d'une loi fort sage et très propre à faire
baisser le loyer ou l'intérêt des capitaux, loi que M. *Turgot*
voulait proposer et qu'on ne lui a pas laissé le tems de rédiger. Enfin par d'autres moyens dont je vous parlerai plus
bas, et que je vous développerai avec grand plaisir quand il
en sera tems.

" Vous croyez (insisterez vous) qu'avec ces moyens et ces
" mesures les déclarations des propriétaires seront fidèles ?"

Elles l'ont été chez deux peuples de l'Europe bien moins
fortement constitués que ceux dont on peut prévoir l'existence.

Une de ces nations véridiques était la Hollandaise qui n'a
jamais menti sur ce point : non pas même quand une puissance étrangère occupait et opprimait son pays.

L'autre était la provençale, il y a peu d'années, tant
qu'elle a eu ses Etats Provinciaux.—Une déclaration fausse
y aurait deshonoré un homme, l'aurait fait regarder comme
un *voleur public*, l'aurait chassé de la bonne compagnie. On
n'eût pas voulu se trouver avec lui à diner. On n'aurait
point épousé sa fille.

Permettez-moi de compter aussi sur les conséquences nécessaires de quelques articles constitutionnels, et fondamen-
taux sur lesquels je ne puis encore m'expliquer ici, qui auraient servi de bâse au rétablissement de la République Française, s'il eût eu lieu ; qui auraient pû être admis de même

dans notre monarchie constitutionelle, laquelle était une au-
autre forme de République, et la rendre plus chère à la totalité de la nation, si un despote ne fût pas accouru pour
renverser l'une et l'autre.*   Mais j'ai de fortes raisons de

---

* Buonaparte reparaissant en France, sous un titre abdiqué, peut y espérer l'appui d'une partie de l'armée, qui voit en lui un général qu'elle a
long-tems rendu victorieux, et compter sur la répugnance que montre le
surplus à combattre d'anciens frères d'armes qui arrivent la crosse du fusil
en haut, se disant et se croyant amis.

Mais il ne peut rallier à lui,

Ni les *Républicains* envers lesquels il a violé tous ses sermens, qui l'a-
vaient nommé *Consul,* dont il s'est fait *Empereur* et le plus despotique; dont
il a détruit le tribunat, avili le sénat, insulté le corps législatif;

Ni *les citoyens* de 1789 à 1791 qui n'avaient voulu, comme le Roi et avec
lui, et avec son frère, que la réforme des abus; qui avaient *constitué* une
monarchie; qui lui avaient donné le *veto,* qui n'avaient fait d'autre faute que
de ne lui avoir pas assuré les conseils et le secours d'un sénat, sans lequel
aucun gouvernement ne peut être durable; qui d'ailleurs aimaient Louis
XVI, qui lui avaient décerné le titre de *restaurateur de la patrie,* qui ont ré-
clamé et combattu pour lui, et ont gémi de sa perte;

Ni les autres *royalistes* moins refléchissans, mettant plus d'importance
aux personnes qu'aux institutions, et que les crimes de Buonaparte ont pé-
nétré d'horreur;

Ni *les indifférens* dont il a beaucoup grossi le nombre, qui tout en disant
" *et que m'importe à qui je sois*" ont cependant trouvé désagréables la suspension du commerce, les prisons d'Etat, les mariages forcés de leurs
filles, la nécessité de livrer leurs fils ou de les racheter plusieurs fois pour
une, la difficulté même du rachat, et les vexations des droits réunis.

Afin de tranquilliser encore davantage ceux-ci, surtout dans les campagnes, quoique cela ne fut pas bien nécessaire puisqu'ils ne sont pas du-
tout remuans, et de ne pas rencontrer en obstacle même leur opinion, les
émissaires de Buonaparte ont il est vrai répandu qu'il venait pour empêcher
le rétablissement de la dixme et des droits féodaux, choses auxquelles personne n'a pu réellement songer, non pas même le très petit nombre de vieillards pendant l'absence desquels une génération entière a passé; car la dixme
étant comprise pour *cent-vingt millions* dans la contribution foncière et les
droits féodaux pour *soixante millions* dans l'enrégistrement, il en coûterait
cent quatre-vingt millions de revenus au gouvernement s'il voulait renouveler
ces impôts au profit de quelques particuliers. Les princes n'ont pas de
telles fantaisies, ne se portent jamais à de pareils sacrifices. Aucun ministre
n'oserait les leur conseiller, ne voudrait qu'on les fît.

Qu'est donc venu chercher Buonaparte?—Le plaisir qu'il ne faut pas

croire que vous les trouverez adoptés par plusieurs des Ré-
publiques Espagnoles qui se forment aujourd'hui dans le nouveau monde.

qualifier de *rendre ses funérailles sanglantes*, comme il en avait menacé les
Français en parlant à leur corps législatif lors de son départ pour la campagne de l'année dernière.

La magnanimité, l'humanité, peut-être aussi la prudence de l'Empereur
Alexandre ont empêché les malheurs de 1814 d'être aussi généraux et aussi
grands qu'on aurait pu le craindre.—Cependant le mal avait été grave; on
avait vu de près le danger qu'il le fut encore plus. Les troupes alliées et
même les nationales avaient commis de très affligeans dégats; car, en toute
guerre, il faut nécessairement pourvoir aux besoins du soldat, et presque
inévitablement à la pluspart de ses caprices.

L'orage était fini. Tout était tranquillisé. La France conservait, avec
un faible accroissement, le territoire qu'elle possédait avant la Révolution.
Les armées étrangères en étaient retirées et n'avaient pas le moindre prétexte
pour y revenir. Nos plénipotentiaires figuraient avec honneur au congrès
de l'Europe, et y défendaient les droits de la Saxe. Nous avions acquis une
constitution représentative jurée par notre Roi et par sa famille, approuvée,
applaudie par toutes les autres nations et que la Belgique, la Hollande, la
Prusse, presque tous les royaumes de l'Allemagne declaraient vouloir imiter.

Ces constitutions sont un moyen efficace de faire beaucoup de bien, une
insurmontable barrière contre beaucoup de mal.

L'Angleterre a employé mille ans et versé des torrens de sang pour y arriver. Les successeurs de Guillaume III. ont eu la sagesse et la politique de
ne pas tenter d'en sortir, et ce n'est que depuis qu'elle existe que leur nation
est devenue une puissance du premier ordre.

[L'agriculture, les manufactures, le commerce reprenaient leurs travaux.
Qu'apporte à la place de cela Buonaparte? La guerre et *son empire*.

Mais cette guerre, qui la fera? Ce ne sera plus *la nation* trompée, surtout
par Buonaparte, dans toutes ses espérances antérieures. La nation n'a voulu
prendre les armes, ni contre lui, ni pour lui. Ce sera donc *une armée*. Et
quoiqu'elle soit héroïque, elle courra les hazards d'une armée, d'une armée
qui combat pour un homme, non pour des citoyens.

Le héros de la corse, qui avait conquis la France et l'Italie par une hon-
teuse trahison domestique, en y employant l'autorité, les troupes, l'argent,
tous les moyens qu'elles lui avaient confiés comme à un premier magistrat
républicain; qui avait changé et renverse leurs constitutions, les avait asser-
vies, s'en était fait *Souverain* absolu, *Empereur et Roi*, Despote héréditaire;

Qui avait conquis l'Espagne par une autre odieuse et plus éclatante trahison, moins graduellement, moins périodiquement dissimulée;

Qui sans aucun droit, ni pretexte d'y intervenir, avait changé la constitution de l'empire Germanique, ravagé deux fois l'Allemagne, detrôné la moitié

Vous voyez, mon cher Say, que notre science a beaucoup d'étendue, qu'elle embrasse un bien grand nombre d'objets.

de ses princes pour faire un royaume au plus jeune de ses frères et garder aussi lui-même une partie de leurs Etats;

Qui après avoir fait de la République Batave, alliée trop fidelle, trop généreuse et trop soumise, un nouveau royaume pour un autre de ses frères, et avoir déclaré ce royaume héréditaire, avait forcé le père d'abdiquer, détrôné le fils, et gouverné sous le nom de cet enfant un pays enlevé au Roi de Prusse;

Qui ayant extorqué à Tilsit la promesse d'une suspension de commerce limitée à un an, avait tenu pendant quatre années celui de tous les *propriétaires* de la Russie en stagnation, et a conduit une armée Française à sept cent lieues jusques dans leur capitale pour leur interdire la vente de leurs grains, de leurs cuirs, de leurs fourrures, de leur suif, de leur cire, de leur miel, de leurs bois, de leurs goudrons, de leurs chanvres, de leur toile à voiles, de leur cuivre et de leur fer, et les priver d'une forte partie du revenu de leurs terres, ainsi que de toutes les jouissances qu'ils auraient eues en retour;

Qui dans cette étrange campagne les a ramenés à sa suite par le chemin qu'il leur avait appris;

Vaincu à la fin en 1812,

Vaincu en 1813,

Vaincu en 1814;

Il veut en 1815, et aux périls d'une patrie qui n'est pas la sienne, qui est la nôtre, jouer une dernière partie, dont les données sont très défavorables surtout pour nous qui pouvons tout y perdre, et n'y pouvons rien gagner, non pas pour lui qui ne saurait retomber plus bas ni aussi bas que le point dont il s'est élevé, et auquel il restera toujours parmi les grands aventuriers politiques, et même parmi les princes conquérans une place très brillante.

Il n'est point sans lumières; il n'agit pas à tâtons. Il connait son danger et le nôtre. Il sait très bien qu'il a épuisé la France d'hommes, de matériel militaire, de revenus et d'argent; qu'il a fait périr six millions de jeunes et vaillans Français, véritable, honorable, aimable et redoutable force de la nation: qu'il a aussi détruit environ six cent mille chevaux, autre grand moyen de puissance militaire et cultivatrice; qu'il a desarmé d'artillerie nos forteresses et même notre marine; qu'il a inutilement tenté de soulever le peuple, il y a un an, quoiqu'il y fut bien aidé par les souffrances et la misère qu'une guerre dans l'intérieur traine à sa suite; et que malgré tous les efforts de notre intrépide armée et l'étonnante rapidité de ses mouvemens, il a été obligé de céder.

Dans son expédition actuelle aucun de ses moyens n'est supérieur, aucune vraisemblance ne peut offrir plus d'espoir. Et même ce qui réussirait à peine, ce qui pourrait échouer entre les mains d'un homme qu'environnerait la vénération publique est d'une autre difficulté pour un chef tel que lui, qui se dévoile en commençant par se déclarer lui-même encore *Empereur*; qui ne

Pourquoi la restreindre à celle *des richesses,* qui n'en est qu'une branche, qu'un chapitre borné ? Sortez du comptoir ; promenez vous dans les campagnes.

sait pas prendre à tems ni complettement une résolution vraiment noble, qui n'en a pas l'instinct ; qui n'a pas une idée juste de la gloire, et ignore combien elle aide au succès quand elle lui est préférée ; qui n'a jamais respecté un contract ; qui manque de désintéressement, de bonne foi, de moralité, de sensibilité, de compassion, de vertu ; *dont la tete n'est pas sur un cœur, mais* selon l'expression énergique de sa mère, *sur un boulet.*

Ces considérations ne peuvent pas le toucher. Il ne connaît de l'ame humaine que ce qu'elle a de méchant : c'est par là qu'il a prospéré.—Les qualités célestes qu'elle a aussi surpassent sa pensée ; son jugement ferme et décisif, mais court, mais faux, mais égaré, n'est pas propre à comprendre ce que ses crimes lui ôtent de puissance, et que c'en est un des plus horribles accumulé sur les autres que de remettre sa bienfaitrice *la France* au jeu, après qu'elle en est sortie ; et lorsqu'elle à échappé comme par miracle, aux soldats et aux princes étrangers qu'il avait attirés dans son sein, de les y rappeler une seconde fois.

Sur mille chances malheureuses, il lui suffit qu'il puisse y en avoir une bonne pour lui-même. Et peut-être lui suffit-il de faire de nouveau, pendant un an ou deux, un grand benit et un grand rôle. Les passions violentes (hèlas ! l'ambition en est une aussi !) sacrifient la vie pour quelques momens de jouissance : c'est une folie. Il ne faudrait pas y sacrifier celle d'autrui : c'est un forfait.

Même dut-il avoir la victoire, et put elle être durable, nous la paierions plus qu'elle ne vaudrait. Elle ne serait que la sienne. Il nous a suffisamment prouvé que l'avantage en serait pour lui seul ; et que notre nation n'y aurait. aucune part, si ce n'est la haine invétérée de tous les autres peuples.

S'il est vaincu une quatrième fois, notre beau territoire, nos monumens, nos villes, nos maisons, nos pères, nos femmes, nos enfans, nos cultivateurs, nos manufactures, nos riches, nos pauvres, seront maltraités, pillés, ravagés, abymés par les armées étrangères, qui regretteront la discipline à laquelle elles ont été soumises l'année passée, qui n'a point été uniforme, ni aussi sévère en tout lieu qu'on l'aurait desiré, mais que celle de nos propres troupes n'égalait pas toujours. Et de plus nous serons humiliés comme les Albains et leurs braves Curiaces, pour avoir été forcés de combattre blessés.

Si l'extrême vaillance de nos guerriers peut compenser l'infériorité de leur nombre et le désavantage qui suivra la diminution progressive des moyens physiques qu'on aura la faculté de mettre à leur disposition, nos fers seront rivés et appesantis, au moins pour la durée de la vie de cet *Empereur* dont nous n'avons déjà que trop essayé ; peut être pour celle de son fils ; et la cessation d'une implacable guerre n'arrivera qu'avec l'impossibilité respective de la continuer.

U

Elevez vos regards vers la voute des cieux. C'est de toutes les volontés du créateur relatives à notre espèce, ce sont de tous les intérêts du genre humain qu'il s'agit.

Addition du 30 September, 1815.

En copiant à terre, mon cher Say, pour vous la faire parvenir, ma lettre trop barbouillée dans les roulis du vaisseau, j'en ai retranché cette note; car je ne voulais pas exposer un écrivain aussi éclairé et aussi utile que vous.

Les Empereurs des Romains, leurs Dictateurs, et leurs Triumvirs, m'ont appris qu'un très grand nombre d'hommes, comme vous d'un haut mérite, ont péri pour avoir eu des amis qui voyaient et adoraient la vérité.—La maxime *dis-moi qui tu hantes*, est d'une antiquité fort grande, et a toujours été très redoutable chez les tyrans.

Aujourd'hui, puisque vous m'aimez et qu'il ne peut pas y avoir à cela d'inconvénient pour vous, je rétablis cette note assez importante.—Vous y verrez avec quelque plaisir comment je jugeais notre position et celle de Buonaparte, au premier moment de sa fâcheuse tentative. Prévoir les événemens d'une guerre inopinée, et les suites de toutes les grandes relations entre les peuples, c'est une partie de notre belle Science *de l'Economie Politique,* et une nouvelle preuve qu'il ne faut pas la borner à celle *des richesses.*

En me retirant, je voulais éviter 1°. l'insulte d'une proposition au dessous de mon caractère, de la part d'un homme qui avait trouvé tant de gens à vendre, qu'il croyait qu'on pouvait tout payer avec des titres et de l'argent; et 2°. le danger de la proscription qui aurait été la conséquence naturelle de mon refus, ainsi que de l'accent que j'aurais cru devoir y mettre. Mon sang est bien à ma patrie: je ne le lui refuserai pas plus que mon travail et mon tems; ce n'est pas pour rien que je me suis appliqué à l'étude des sciences de la guerre autant qu'à celle des sciences de la paix et dans une époque antérieure. Mais je veux que ma mort si elle est nécessaire, et ma vie si je dois la conserver, soient de quelque utilité à mon pays et même aux autres; quand je vous écris, cher Say, avec tant de détails, le cœur si agité, une lettre si étendue, c'est encore parceque je crois en cela servir la France et le monde; c'est que je vois que vous avez beaucoup d'esprit, que vous savez beaucoup de vérités utiles, que vous êtes capable de les comprendre et de les apprendre toutes, et que vous ferez de bons livres vingt ans après que les miens seront oubliés.

Buonaparte ne m'a trompé que sur la durée de son nouveau règne que j'avais présumé d'un an, peut-être de deux, de trois au plus, et qui s'est terminé en trois mois.

Quand je l'ai vu feindre d'aimer la liberté, et craindre de l'établir: annoncer une République, prendre sur lui le soin d'en rédiger la constitution; et dans cette constitution transcrire presque littéralement la charte que nous avions déjà, n'y changer guères que le nom du prince, j'ai jugé qu'il n'irait

Votre génie est vaste : ne l'emprisonnez point dans les idées, dans la langue, dans les livres, la pratique, et les pré-

pas loin. Si j'avais eu l'occasion de vous écrire alors, je n'aurais pas manqué de vous le dire.

Il a précipité la catastrophe en se montrant bien moins grand Général que je ne le croyais, encore plus pervers que je ne pouvais le croire.

Le commencement de sa campagne a été beau ; le rassemblement et la marche de l'armée aussi rapides qu'il était à désirer ; l'attaque sur les Prussiens admirable ; la bataille fortement conçue, fièrement exécutée ; perdue cependant, et cruellement perdue.

Il dit que c'est par la terreur panique de quelques bataillons ; le Duc de Wellington dit, par l'arrivée de Blucher, ce qui est plus vraisemblable. Mais une bataille entre des armées immenses qui occupent tant de terrein, est une si grande affaire que l'on peut toujours la perdre sans honte.—*Fabius Maximus* faisait mieux ; il n'en donnait point.

Il n'est pas permis à ceux qui en donnent d'ignorer qu'on en perd ; c'est le soir et le lendemain qui leur importent : car c'est là que commence la plus intéressante partie d'échecs.

Philopémen, Cesar, Coligny, Maurice de Nassau, le Grand Duc de Rohan, Turenne, Condé, Catinat, le Roi Guillaume, le Maréchal de Saxe, Moreau ou Macdonald, s'ils eussent commandé l'armée Française à cette journée funeste auraient reculé de quelques lieues, et fait le surlendemain grand-peur aux alliés dont les pertes n'étaient pas moindres que les nôtres.

Il y a pour cela un principe sur. C'est de choisir un poste avantageux, une bonne position, à la distance ou la fatigue forcera les fuyards de suspendre leur course. Le bon sens veut qu'on ait prévu et disposé ces postes par échellons avant de combattre : ce qui donne le moyen de les indiquer aux généraux de division lorsque cela devient nécessaire. On y est plustôt que les colonnes rompues, parcequ'on est à cheval et bien monté ; et l'on ne néglige pas de parler en route à ceux qui sont capables d'entendre, surtout aux sous-officiers. On a eu soin d'avoir quelques subsistances à portée.

Quand les pauvres gens arrivent, au cri : *voilà le Général*, ils se groupent autour de lui comme des abeilles qui retrouvent leur reine.

La cavalerie qui les poursuit ne peut être forte. Elle est dans un désordre presqu'égal au leur. La première fusillade, quelques coups de canon, la moindre charge sur un de ses flancs par d'autre cavalerie de réserve ou ralliée, l'arrêtent court ; ordinairement la reconduisent, et donnent le tems de s'arranger.

Buonaparte pouvait faire cela, pouvait aisément rallier quatre-vingt mille hommes, puisque le Maréchal de Grouchy en a réuni soixante mille, dont les deux tiers ensuite se sont débandés, ne voyant plus leur général en chef, et n'en sachant aucune nouvelle.

Avec ce noyau de quatre-vingt mille hommes, les garnisons, les dépôts,

jugés des Anglais ; Peuple mercantile, qui demande *ce que*
vaut un homme lorsqu'il veut savoir *de combien de livres ster-*

l'élite des gardes nationales qui en ce cas auraient joint l'armée d'elles-mêmes,
Buonaparte aurait pu faire encore une défense impôsante, placer à propos, à
profit, à honneur, sa nouvelle abdication, conserver à la nation le territoire, à
lui-même dans l'histoire beaucoup mieux qu'un trône, au lieu d'une sote et
ennuyeuse prison trop méritée.

    Du coté militaire, qu'est-ce qu'un général qui a fait cinq fuites, abandonné
cinq fois ses soldats en péril, sauvant sa personne et son argent, et qui n'a pas
su faire une seule retraite !

    Mais ici la faute du commandant guerrier, si fatale et si deshonorante,
n'est rien en comparaison de la perfidie de l'homme d'Etat, du chef d'une
grande société politique.

    Il a spéculé pour lui et pour son autorité sur nos revers. Il s'est dit :
" Laissons le mal s'accroître. Il ne frappera que la France et me la donnera
" plus soumise. Les deux chambres m'appartiennent. J'en ai nommé l'une
" parmi mes plus affidés ; c'est moi qui l'ai rendue héréditaire ; et je puis y
" faire entrer qui me plaira de l'autre, que j'ai nommée aussi par mon influ-
" ence, par des présidens de mon choix. Elles n'oseront me rien refuser.
" Par reconnaissance, par espérance, par crainte, elles me proclameront *dicta-*
" *teur*, ou m'en confèreront le pouvoir jusqu'à la paix, c'est-a-dire pendant
" ma vie entière. Je joindrai à la gloire d'avoir paru vouloir relever la *Ré-*
" *publique* et de l'avoir *constituée*, le profit d'en devenir encore une fois et plus
" qu'auparavant s'il était possible, *le* DESPOTE *illimité*. Les Français périront
" peut-être ; à la bonne heure ; mais à mon occasion, avec moi, sous moi.
" Peut être aussi me sauverai-je encore "

    Heureusement pour notre dignité, la Chambre des Représentans et quel-
ques pairs ont été plus *nobles* qu'il ne l'imaginait. Au lieu de l'élever à la
dictature, ils lui ont demandé sa démission, et l'ont exigée.—Tirons un rideau
sur le reste : je ne blâme point les représentans de ma nation, ni son Roi, ni
leurs ministres, d'avoir cru à des promesses solemnelles faites en face du ciel
et de la terre, par des GUERRIERS du plus haut rang *les armes à la main* ; ce qui
s'appelait jurer *sur leurs épées.*

    Je plains les acteurs, les témoins, et surtout les victimes. O ma patrie !
O mes généreux concitoyens ; j'ignore jusqu'ou s'étendront vos malheurs.
Je voudrais expirer avant de l'apprendre. On pourra détruire vos richesses,
ravager votre pays, immoler beaucoup de vos hommes infortunés, de leurs
aimables compagnes, de leurs enfans chéris, et quelques personnages illustres,
éclairés, vertueux. On ne parviendra point à vous avilir. Tout ce que vous
n'avez pas desapprouvé les premiers, tout ce que vous avez trouvé juste et
raisonnable dans votre gloire restera. Votre belle langue conservera pour
l'utilité du genre humain plus de lumières que toutes les autres. Elle ressus-
citera l'Europe, si elle ne peut la sauver et vous aussi, des abus de la force

ling cet homme est riche! Pauvre peuple Carthaginois, qui ne songe qu'*aux richesses*, et dit encore *Commonwealth*, COM- MUNE RICHESSE pour exprimer sa propre société politique ; sans comprendre quelle est la multitude des autres affaires, et qu'avant les *richesses* il y a la morale, la justice, le droit naturel, le droit constitutionnel, le droit civil, le droit poli- tique, le droit commercial, le droit des gens, qu'il faut con- naître et respecter quand on a l'honneur dont les Anglais jouissent sans presque y prendre garde, et dont le nom n'est pas encore entré dans leur langue, l'honneur insigne d'être *Respublica.* Ils parlent de leur pays, de leurs montagnes, de leurs plaines, de leurs rivières, de leurs ports et de leurs côtes, de leur contrée (COUNTRY) et ne savent pas nette- ment s'ils ont ou n'ont point, ils n'ont pas encore dit qu'ils eussent *une* PATRIE : moins nobles que les Hollandais qui, envahis par Louis XIV. abandonnaient *la contrée*, s'embar- quaient et emportaient leur PATRIE, *la race de leurs* PERES à Batavia.

Vous raisonnez encore sur les petits moyens par lesquels une nation industrieuse peut comme les habitans d'une ville parvenir à vivre avec plus ou moins de dépendance et de sûreté, *sur les moissons de ses voisins, et accumuler* par l'éco- nomie de ses salaires, ainsi que du *loyer* de ses capitaux, quelques nouveaux capitaux que vous imaginez et dites qu'elle *a produits.*

De qui parlez-vous? Qu'est ce que ces villages, ces pe- tites communes, ces *Commonwealths* ou *commonweakness* qu'on nomme l'*Angleterre* ou la *France?* C'est l'Europe, c'est l'Amérique, c'est l'Asie, c'est l'Afrique, c'est le Continent Austral, c'est le globe terrestre que les hommes et le petit nombre de leurs sages, et le nombre heureusement plus grand de leurs gens de bien, sont appelés par les décrets de DIEU

et des l'égarement des fureurs insensées. *Plein d'honneur* et *Français* de- meureront synonimes. Sagesse et vertu sortiront de vos écrits politiques. Il n'y aura de flétris que vos oppresseurs.

par l'aiguillon des besoins, par le charme des passions, par l'entraînement de l'amour, par les devoirs de la paternité, par l'instinct des vertus, à défricher, à cultiver, à gouverner.

La tâche est belle et grande; mais non pas trop pour qui se sent enfant d'un très bon CRÉATEUR, pour qui en a reçu quelques rayons de cette *lumière*, qu'il faut bien appeler *philosophie* quand elle n'est pas encore SAGESSE, mais qui pourtant conduit à éclairer la raison humaine.

Telle est notre vocation, mon cher Say.—Voulez-vous m'aider à payer une portion de cette dette? Vous me ferez un extrême plaisir.

Me voilà vieux. J'ai besoin de secours et d'appui. Je n'ai que beaucoup de zèle et de ténacité au travail, un peu de raison et d'expérience, quelques instructions que j'ai reçues dans ma jeunesse, dont j'ai tâché de profiter, dont je serai éternellement reconnaissant pour les citoyens respectables qui m'ont honoré de leur amitié, et qui me les ont données.

Vous avez le talent convenable. Vous n'êtes qu'à moitié de votre carrière. J'ai fait les sept huitièmes de la mienne: mais je n'aurai point la lâcheté de déserter. Je n'abandonnerai pas notre honorable et doux travail; je ne quitterai la plume qu'à mon dernier jour.

Voulez-vous me donner la main? Voulez-vous être un compagnon chéri, un frère de sang et d'armes? Vous m'enchanterez.

Aimez-vous mieux marcher *isolé*, ou même, comme à présent, *dédaigneux*, et n'être que mon cousin né de la cohabitation de *Smith* avec je ne sais quelle demoiselle de la maison de *Colbert?* à vous le maître. Je suis, tous mes amis ont été, ils seront toujours partisans de la liberté du commerce, de celle du travail, de celle des opinions, des résolutions et des choix.

Vous serez admiré pour l'exactitude et le soin que vous portez dans vos observations.

Vous serez hautement loué pour votre logique, pour votre dialectique, pour la clarté de votre esprit, pour votre rare talent d'écrire.

Et vous serez passé sous silence pour vos petites injustices envers vos emules et vos prédécesseurs.

Nous ne donnerons point le scandale des querelles.

Nous avons mieux à faire, vous et moi; et, à l'âge que j'ai, mon tems devient trop cher.

Choisissez.—Mais je vous en conjure, choisissez la fraternité et l'amitié.

C'est avec elles que je vous embrasse.

DU PONT DE NEMOURS.

J'ai fait trente cinq notes sur votre discours préliminaire; et j'en ai préparé environ deux cents par des croix sur les marges du livre.

Je n'aurai vraisemblablement pas besoin, ni la commodité de vous envoyer tout ce fatras.—Je crains bien que vous n'en trouviez déjà trop dans cette longue epitre, fruit prolixe du loisir que donne un vaisseau.

FIN.

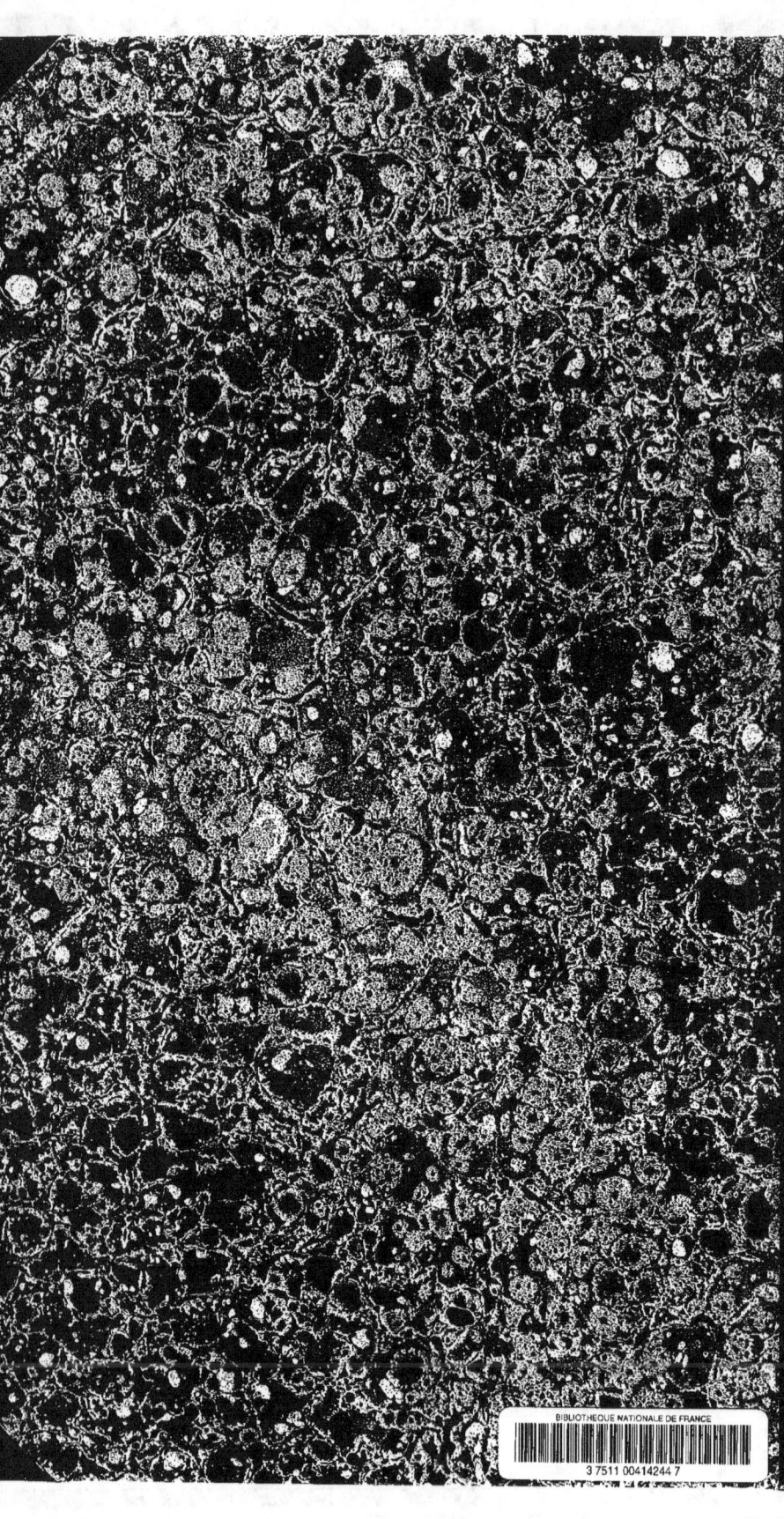

DUPONT
DE
NEMOURS

EXAMEN
DU LIVRE
DE
MALTHUS